译文经典

梵蒂冈地窖
Les caves du Vatican

André Gide

〔法〕纪德 著

桂裕芳 译

上海译文出版社

目 录

致雅克·科波 …………………………………… 001
第一篇 昂蒂姆·阿尔芒-迪布瓦 …………………… 001
第二篇 朱利于斯·德·巴拉利乌尔 ………………… 039
第三篇 阿梅代·弗勒里苏瓦尔 ……………………… 097
第四篇 蜈蚣 …………………………………………… 137
第五篇 拉夫卡迪奥 ………………………………… 203

致雅克·科波[1]

一九一三年八月二十九日,居韦维尔

我有幸将您的名字写在这本书的头一页上。它始终归功于您,至少从它开始成形时起。您还记得那次散步吗,我对您讲到它,(日期)是在居韦维尔,刮着大风,我们去埃特塔观赏汹涌的大海。您对我的故事所表现出的兴趣,在我整个写作期间,给予了我很大的支持。

在很久以前我就打算写这本书。您提醒说,您从丹麦回来头一次拜访我时,我就已经和您谈起这本书。

那是多少年以前的事了?……

在这个快速写作和草草分娩的时代,我知道我很难使人相信,这本书我孕育了这么久才努力将它生下来。

为什么我称它为傻剧?为什么前三本被称为故事?这是为了表示它们并非真正意义上的小说。

不过,人们把它们看做小说也无妨,但在这以后他们不能责怪我违背了"体裁"的规则,譬如说不够混杂与模糊。

故事、傻剧……我觉得迄今为止我写的都是讽刺作品(您愿意的话,也可以称作批判性作品),此书大概是最后一本。

我认为今日作品的缺点在于早产,在于艺术家不再花时间来孕育它。愿阿波罗阻止我批评我们的时代!不满会显得装腔作势。我在这里无非是提醒某些人,别将《地窖》看做是回归,对旧作的否定,别描绘我创作生涯的曲线,揭示其演变……

只有技巧问题对我最重要,我只希望成为好艺人。

---

① 雅克·科波(1879—1949),法国作家、戏剧家,曾与纪德等人创办《新法兰西杂志》。

第一篇
昂蒂姆·阿尔芒-迪布瓦

至于我，我的选择已定，我选择了社会无神论。十五年以来，我在一系列作品中表达了这种无神论……

乔治·帕朗特
《法兰西信使报》（一九一二年十二月）哲学专栏

一

一八九〇年，在教皇莱昂十三世的统治下，X医生以专治各类风湿病而闻名遐迩，共济会会员昂蒂姆·阿尔芒-迪布瓦慕名赴罗马求医。

"怎么？"连襟朱利于斯·德·巴拉利乌尔对他说，"您去罗马治身体的病！但愿您到了那边会明白您的灵魂病得更重！"

阿尔芒-迪布瓦故意用可怜的声音回答：

"可怜的朋友，您瞧瞧我这两个肩膀！"

宽厚的巴拉利乌尔不由自主地抬眼看这位连襟的双肩，它们在上下抖动，就像无法克制地大笑时一样。这个几乎瘫痪的胖大身躯用可以支配的些许肌肉来模仿滑稽举动，看了真叫人难过。算了吧！显然他们观点不同，巴拉利乌尔的雄辩口才对此无法改变。也许时间会起作用！圣地的神秘忠告……朱利于斯显得十分失望，只是说：

"昂蒂姆，您真使我难过（肩膀立即停止了抖动，因为昂蒂姆很喜欢这位连襟）。三年以后是大赦年，我去罗马看你们，但愿那时您已改正！"

至少韦罗妮克陪丈夫去罗马，但想法却迥然不同。韦罗妮克比妹妹玛格丽特和妹夫朱利于斯更虔诚，能长住罗马是她的夙愿。她用虔诚的琐碎小事来填满令人失望的单调日子。她不能生育，便将照料儿女的精力献给自己的理想。唉！她对昂蒂姆归顺天主不抱太大希望。她早知道丈夫是多么固执，他那宽大的前额上刻着拒谏的横纹。弗隆神甫早就警告过她：

"最不可更改的决定，"他说，"夫人，就是最坏的决定。您只能寄希望于奇迹。"

她甚至不再忧心忡忡。自从在罗马安顿下来，夫妻俩便各有自己的隐居生活。韦罗妮克忙于家务和祈祷，昂蒂姆忙于自己的科学研究，两人就这样相距咫尺，相互挨着，却只有以背相对才能容忍对方。因此在他们中间存在某种融洽，他们被笼罩在某种近似至福的气氛中，在相互容忍中看到对方谨慎地遵从着自己的道德。

他们通过中间商租赁了房子，它和大多数意大利住房一样，既有出乎意料的便利之处，又有极为明显的不便之处。这套房子占据了卢奇纳街福尔杰蒂宫整个二层楼，有一个相当漂亮的阳台，韦罗妮克马上想在那里种蜘蛛抱蛋，这种植物在巴黎的公寓里是长不好的。然而，要去阳台就必须穿过橘室，而昂蒂姆早将它当做了实验室，并讲好每天从几点到几点才让别人通过。

韦罗妮克悄悄地推开门,然后偷偷溜进来,眼睛瞧着地面,就像杂务修女从淫秽的图画或文字前走过一样。她不愿意看见昂蒂姆宽大的后背,他坐在实验室最里边的扶手椅上,身躯将椅子塞得满满的,椅旁靠着他的拐杖。他正弓着背在做什么邪恶的手术。他假装没听见她进来,但是,等她一过去,他就笨重地从椅子上起来,拖着腿朝门口走去,然后,抿着嘴唇,恼怒而威严地用食指一推,砰的一声,插销插上了。

在这以后不久,代他办事的贝波该从另一扇门进来听候差遣了。

贝波是一个约摸十二三岁的流浪儿,衣衫褴褛,无父无母,也无住所。昂蒂姆到罗马后不久就注意到了他。贝波在他们最初下榻的狮嘴街的旅馆门前摆了一个用灯芯草编的小篓子,里面是一只蜷缩在几根青草下的蟋蟀,以招揽过路行人。昂蒂姆花六个苏买下了蟋蟀,又用他会说的那一点点意大利语勉强使孩子明白,他第二天就要搬到卢奇纳街去,而且很快就需要几只老鼠。凡是能爬,能游,能跑,能飞的东西都能为他提供数据。他做的是活体实验。

贝波生来会代人办事,他甚至能弄到鹰和卡皮托尔山的母狼①。他喜欢干这一行,这能满足他对摸摸拿拿的爱好。

---

① 卡皮托尔山,罗马七座山丘之一。据传罗马城的创建者是由母狼喂养大的。

昂蒂姆每天给他十个苏，此外他还帮着干家务事。韦罗妮克最初对他看不上眼，但有一次她见他经过房屋北墙角的圣母像前画十字，自那时起她原谅他穿得破烂，并准许他将水、煤、柴、蔓藤一直送进厨房。每星期二和星期五，他们从巴黎带来的女佣卡罗琳忙得不可开交，于是贝波甚至挎上篮子陪韦罗妮克去市场。

贝波不喜欢韦罗妮克，但喜欢上了这位学者。学者不再吃力地下楼去院子里接受实验品，而是允许贝波送上楼来。院子与阳台有暗梯相通，他直接从阳台进来。昂蒂姆处于怪僻的孤独之中，当他听见赤脚踩在石砖上的微弱声音越来越近时，他的心跳稍稍加快，但他不流露任何感情，什么也打搅不了他的工作。

孩子没有敲玻璃门，而是轻轻叩门。昂蒂姆俯身在桌前，没有回答，于是孩子朝前走了几步，用清亮的声音喊道："permesso？"①这声音使橘室里出现了蔚蓝的天空。孩子的声音仿佛像天使，其实他是刽子手的帮凶。他将一袋东西放在酷刑桌上，这又是什么新的牺牲品呢？昂蒂姆全神贯注于工作，往往不立即打开袋子，只是迅速扫了一眼。只要布袋在颤动，那就很好，因为对摩洛神②来说，不论野鼠、家鼠、麻雀、青蛙，都适于作祭品。有时贝波什么也没有带

---

① 意大利文，可以吗？
② 《圣经·旧约》中所指的古代腓尼基等地所崇奉的神灵，信徒以焚化儿童向其献祭。

来,但仍然走进橘室,他知道即使自己两手空空,阿尔芒-迪布瓦也在等他。孩子静静地站在学者身边,俯身瞧着可恶的实验,我猜此刻的学者多半像虚假神明那样沾沾自喜,因为孩子惊奇的目光一会儿恐惧地瞧着动物,一会儿钦佩地瞧着他。

昂蒂姆·阿尔芒-迪布瓦在拿人体做实验以前,声称将他所观察的动物的全部活动简单归结为"向性"。"向性"!这个词一发明出来,人们就不用其他任何词了。整整一批心理学家从此只承认"向性"。向性!这个词突然具有多么大的启示性!显然,动物的机体像天芥菜这种无意识的植物一样,天芥菜不是将花朵转向太阳吗?(其实这很容易归结为几条物理学和热化学的简单规律)动物机体也服从同样的刺激。总之,宇宙具有令人放心的和善性。在生物最令人吃惊的运动中,人们可以一致看出这个因素在完全支配一切。

为了达到目的,使被制服的动物暴露其单纯性,昂蒂姆·阿尔芒-迪布瓦刚刚发明了一套复杂的纸盒,有的内藏甬道,有的内设翻倒活门,有的内设迷宫,有的内设许多小格;有些格内有食物,有些则没有食物或者放有喷嚏粉,盒子的颜色和形状各不相同,这种恶魔般的工具很快就风行德国,德文名字叫做迷宫盒,心理生理学的新学派因而在宗教怀疑论方面又向前跨了一步。为了直接作用于动物的这个或那个感官,动物大脑的这个或那个部分,他使某些动物变瞎,某些动物变聋,阉割它们,剥它们的皮,取出它们的大脑，摘去它们身上这个或那个器官，这些器官您会认为是必不可少的，但是，为了使昂蒂姆长知识，动物不得不割舍。

他的《论条件反射的公报》刚刚震惊了乌普萨拉大学，引起了激烈的争论，外国学者中的精英们也参加了争论。然而在昂蒂姆思想上聚集了许多新问题，因此他不在乎同行们的吹毛求疵，继续用别的方法进行研究，声称要驳得天主无言以对。

仅仅在总体上承认一切活动均引起消耗是不够的，仅仅承认动物只使用肌肉或感官就会导致消耗也是不够的。每次消耗以后，他都要问：消耗了多少？当筋疲力尽的受刑者试图恢复精力时，昂蒂姆却不给它喂食，而是称称它的重量。新的因素会使下列实验更为复杂：六只不进食的老鼠被捆绑住，每天过磅，其中两只双眼全瞎，两只瞎了一只眼，两只眼睛完好，还有一个机动小风车不停地损耗最后这两只老鼠的视力。五天不进食以后，它们各自的消耗是多少？每天中午，阿尔芒-迪布瓦在专门设计的表格上，得意扬扬地添上新的数字。

二

大赦年将到。阿尔芒-迪布瓦夫妇每天都在盼望巴拉利乌尔夫妇。那天早上来了一份电报，说他们当晚到，于是昂蒂姆上街去买领带。

他很少出门，尽可能不外出，因为行动不便。韦罗妮克乐于为他采购，或者将供货商领来听他订购。昂蒂姆不再在乎流行款式，但是，虽然他只要一条十分简单的领带（普通的斜纹软绸黑领结），他还是愿意亲自挑选。他为这次旅行买了一件淡褐色的缎子硬胸，住旅馆时穿着它，但他习惯于穿开口低的背心，所以硬胸常从下面露出来。他现在围的是乳白色薄绸围巾，用一个不值钱的、又旧又大的浮雕玉石别针夹住，玛格丽特·德·巴拉利乌尔一定会认为他不修边幅。他真不该扔下他在巴黎通常戴的现成的小黑领结，特别是他没有带来一个做样子。人们会向他建议什么样式的领带呢？他得先去科尔索大街和孔多蒂街多看几家衬衫店，然后再决定。对一个五十岁的男人来说，蝴蝶结是太放肆了，显然，暗黑色的、直直的领结更为合适……

午饭时间是一点钟。将近正午时,昂蒂姆带着采购的物品回家,正好为动物称体重。

昂蒂姆不爱打扮,但他觉得应该在动手工作以前先试试领带。地上有一块碎镜片,从前是用来刺激向性的,他将镜片靠在一个笼子上,最窄的那一面着地,然后俯身看自己的映影。

他蓄着平头,头发仍然浓密,昔日的棕红色现在像镀金的老银器一样呈现不稳定的灰黄色。乱蓬蓬的眉毛向前伸出,下面是比冬天天空更灰更冷的目光。颊髯蓄得很高,剪得平齐,保持了粗糙髭须的那种浅黄褐色。他用手背摸摸平平的面颊和方方的大下巴。

"对,对,"他喃喃地说,"我得赶紧刮胡子。"

他从包装纸里取出领带,摆在面前,又摘下浮雕玉石别针,解下围巾。他的后颈很粗壮,周围是前面成凹形的半高硬领,他将领尖翻了下来。在此我不能不讲讲昂蒂姆·阿尔芒-迪布瓦的皮脂囊肿,虽然我一心只想讲述主要的事。但是既然我还不会确切区分偶然与必然,我对自己的作品除了精确性和严格性外,还能要求什么呢?谁敢肯定在昂蒂姆称作"自由"①思想的决定中,这个囊肿没有起任何作用,没有产生任何影响?他可以轻易地不理睬自己的坐骨神经痛,但这个不起眼的囊肿却使他很难原谅仁慈的天主。

---

① 即无神论思想。

他结婚后不久就莫名其妙地长出了这个囊肿。在他左耳东南方的头发边沿，最初只有一个小小的疣，他用浓密的鬈发将它盖住，在长时间里遮掩过去了，就连韦罗妮克也没有察觉，直到一天夜里，她的手在抚摸他时突然碰到了这个疣。

"嚄！你这是什么？"她惊叫起来。

赘疣一旦被暴露，似乎就不需再克制自己了，于是在短短几个月里不断长大，先是像山鹑蛋，接着又像珠鸡蛋、母鸡蛋，然后就不长了，日益稀疏的头发在它周围分开，将它更暴露无遗。昂蒂姆·阿尔芒-迪布瓦四十六岁时就无意取悦于女人了。他将头发剪得短短的，戴上了这种形状的半高活硬领，硬领上有一个凹洞，既掩盖囊肿，又同时暴露它。关于昂蒂姆的囊肿，就说到这里吧。

他将领带套在脖子上。领带中部有一个小金属槽，系带必须穿过去才能被一个可以开合的钩子卡住。这个部件十分巧妙，但是只有等系带穿过以后才能松开领带。领带掉到了手术桌上。他不得不向韦罗妮克求救，她急忙应召而来。

"你瞧，给我缝缝这个。"昂蒂姆说。

"这是机器缝的，根本不行。"她喃喃说。

"的确不结实。"

韦罗妮克居家穿的短上衣上总别着两根穿上线的针，一根是白线，一根是黑线，别在她左乳下方。她顾不上坐下，站在落地窗前就缝补起来。昂蒂姆此刻瞧着她。这是一位相当壮实的女人，脸部轮廓分明。她像他一样固执，但十分和蔼，几乎总是满面笑容，所以那少许的髭须并未使她的面孔变得冷酷。

"她有她的优点。"昂蒂姆一面看她抽针一面想，"我要是娶了妖艳的女人，她会欺骗我；要是娶了水性杨花的女人，她会遗弃我；要是娶了饶舌的女人，她会吵得我头脑发昏；要是娶了傻女人，她会叫我火冒三丈；要是娶了姨妹那样的唠叨鬼……"

于是，当韦罗妮克干完活出去时，他用不像平时那样高傲的语气说：

"谢谢。"

昂蒂姆戴着新领带，现在全神贯注地为动物称体重了。无论是在外面还是在他心中，一片寂静。他已经称过瞎眼的老鼠。有什么可说的呢？瞎一只眼的老鼠体重不变。他现在去称那两只视力完好的老鼠。他突然惊跳起来，连拐杖都倒在地上了。他惊愕不已！视力完好的老鼠……他又称了一次，不，不能不相信事实，视力完好的老鼠，从昨天起，体重增加了！他脑中闪过一丝怀疑：

"韦罗妮克！"

他拾起拐杖，蹒跚地奔向房门口：

"韦罗妮克！"

她殷勤地再次跑来。他站在房门口，郑重地问道：

"谁碰过我的老鼠？"

没有回答。他再次提问，慢慢地，一字一句地，仿佛韦罗妮克听法语很困难。

"我外出时，有人给它们喂过食。是您？"

她稍稍恢复了勇气，转身看着他，几乎咄咄逼人地说：

"这些可怜的动物，你让它们饿死，我没有干扰你的实验，只是给它们……"

但他抓住她的袖子，一瘸一拐地将她拉到桌旁，指着那些记录表格说：

"您看见这些纸了吧。两个星期以来，我用它来记录观察动物的结果，我的同事波捷盼望的正是这些记录，五月十七日他要在科学院的会议上宣读它哩。今天，四月十五日，我能在这一栏栏数字后面写什么呢？我该写什么呢？……"

她一声不吭，于是他用食指的方指尖刮着纸上的空白处，就像用刀刮一样。

"这一天，"他接着说，"观察者的妻子，阿尔芒-迪布瓦夫人，在柔软心肠的驱使下，做了……您要我怎么写呢？傻事？冒失的事？蠢事？……"

"您最好写：她怜悯这些可怜的动物，它们是古怪好奇心的牺牲品。"

他十分威严地挺直了身体：

"如果您这么想，那么，您明白，夫人，我不得不请您去照料花草时走院里的楼梯。"

"您以为我高兴进您的破屋吗?"

"那么,您将来就不必进来了。"

接着,他用动作来配合雄辩的话语,抓起观察记录纸,将它们撕成碎片。

他说"两个星期以来",其实他的老鼠只停食了四天。这种夸大其词的抱怨大概使他的火气消散得更快,因为他在餐桌上显得泰然,大方得甚至朝他的另一半伸出和解之手。他比韦罗妮克更注意别让思想正统的巴拉利乌尔夫妇看到他们不和,巴拉利乌尔肯定会归罪于昂蒂姆的思想的。

将近五点钟时,韦罗妮克脱下家里穿的短上衣,换上一件黑呢紧腰上衣去接朱利于斯和玛格丽特,他们应在六点钟抵达罗马车站。昂蒂姆去刮胡子,他摘下了围巾,换上了直领带,这应该足够了。他讨厌排场,而且认为穿羊驼毛外衣、蓝云纹白背心、人字斜纹布长裤、舒服的平底黑皮拖鞋——他借口跛足甚至穿拖鞋上街——并不与小姨子的鉴赏力发生冲突。

他拾起撕碎的纸片,将它们一片片拼凑起来,然后,一面等待巴拉利乌尔夫妇的到来,一面细心抄写所有的数字。

三

巴拉利乌尔家族（Baraglioul 中的 gl 按意大利语发音读作颚化辅音 e，例如 Broglie〔公爵〕和 miglionnaire）的祖籍是帕尔玛。一五一四年，帕尔玛公国被并入教廷国后不久，菲利帕·维斯孔蒂①再婚，嫁给了巴拉利乌尔家的人（亚历山德罗）。另一位巴拉利乌尔（也叫亚历山德罗）在勒班陀战役中功勋卓著，一五八〇年在至今仍然神秘的情况下遭到暗杀。不难将这个家族的命运一直追溯到一八〇七年，即帕尔玛重新归属法国，朱利于斯的祖父罗贝尔定居波城的时期，但这种追述意义不大。一八二八年，法王查理十世授予罗贝尔伯爵冠冕，稍后他的第三个儿子（头两个儿子早年夭折）朱斯特-阿热诺高贵地戴着这个冠冕，在出任驻外使节时表现出非凡的睿智和无往不胜的外交才能。

朱利于斯是朱斯特-阿热诺·德·巴拉利乌尔的第二个孩子，结婚以后，他的生活规规矩矩。他年轻时有过风流事，但他至少可以问心无愧地说他在情爱上从未有失身份。他生性高雅，大小作品中都充满优雅的精神，由于这一点，他的情欲才没有滑下斜坡，否则，小说家的好奇心大概会使他放纵自己。他的血液并不沸腾，但也并非冷冰冰，好几位贵族美人可以作证……要不是他的头几部小说清楚表现出这一点，我在这里也不会提及了。这些小说在社交界获得巨大成功，其部分原因也在于此。有能力欣赏它们的读者的素养相当高，小说才得以发表，一部刊登在《通讯》杂志上，两部发表在《两世界》杂志上。就这样，他还年轻就仿佛不由自主地被推向法兰西学院。他的翩翩风度，热情而严肃的眼神，因沉思而苍白的前额，似乎已经注定他要进法兰西学院。

昂蒂姆对身份、财富、相貌上的优越性公开表示蔑视，这不能不使朱利于斯感到受侮辱，但他欣赏朱利于斯生性善良又不擅长争辩，这往往使他自己的自由思想占上风。

六点钟时，昂蒂姆听见客人们的车在门前停下了。他走到楼梯口去迎接他们。朱利于斯第一个上楼。他戴着一顶喀琅施塔德帽，身穿丝绸翻领的直筒式外套，要不是臂上搭着苏格兰花呢围巾，简直像出门访客，而不像出门旅行。长途旅行未使他感到丝毫疲劳。在他后面是挽着姐姐手臂的玛格丽特·德·巴拉利乌尔。与丈夫相反，她筋疲力尽，带风帽的长大衣和发髻歪到了一边。她跌跌撞撞地爬楼梯，用手绢

---

① 意大利望族，成员中有多位公爵。

遮住半边脸，像是纱布……她走近昂蒂姆时，韦罗妮克悄悄说：

"玛格丽特眼里进了煤灰。"

他们的女儿，可爱的九岁孩子朱莉和女仆走在最后，惊愕地默不作声。

按照玛格丽特的脾气，这事可不能等闲视之，昂蒂姆提议派人去请眼科医生，但玛格丽特对意大利的江湖医生早有耳闻，"决不"愿听人提及。她有气无力地轻声说：

"清水，只要一点点清水。啊！"

"亲爱的妹妹，"昂蒂姆又说，"的确，清水能使您暂时好受一点，减轻眼睛充血，但去不了病因。"

接着他转向朱利于斯：

"您看清是什么东西吗？"

"不太清楚。火车一停我就想检查一下，玛格丽特却发起火来……"

"你别这么说，朱利于斯！你笨手笨脚，给我翻眼皮时把我的睫毛都翻进去了……"

"您能让我也试试吗？"昂蒂姆说，"也许我比他灵巧一点。"

脚夫将行李搬了上来。卡罗琳点燃了有反射镜的灯。

"嗨，你总不能在过道里做这个手术吧，朋友。"韦罗妮克说，并且领巴拉利乌尔夫妇去他们的卧室。

阿尔芒-迪布瓦的住所围绕着内院，走廊从门厅一直通往橘室。走廊通过窗户采光，房间的门都开向走廊，首先是饭厅，其次是客厅（这是拐角上的大房间，陈设简陋，昂蒂姆夫妇很少使用），然后是两间接待朋友的卧室，头一间给巴拉利乌尔夫妇，第二间较小，给朱莉，紧挨着的最后一间是阿尔芒-迪布瓦夫妇的卧室。这些房间内部都有门相通。厨房和两间女仆卧室开向楼梯口的另一侧……

"求求你们，别都围着我，"玛格丽特呻吟说，"朱利于斯，你管管行李吧。"

韦罗妮克让妹妹在扶手椅上坐下，自己手里举着灯。昂蒂姆在仔细观察，说道：

"眼睛确实发炎了。您能不能摘下帽子？"

玛格丽特大概害怕乱发会暴露什么虚假的东西，说她等会儿才脱帽，有撑边的系带女帽不会妨碍她将头仰靠在椅背上。

"您要我取出您眼中的麦秸，可我眼中的小梁还没有取出来呢。[①]这可是违背福音书的信条呀！"昂蒂姆挖苦地说。

"啊！求求您，别要求我付您过高的代价。"

"我不再说什么了……用干净手绢的一角……我看见了，您别怕，见鬼！眼睛往上看！……出来了。"

[①] 出自《新约·马太福音》第七章第三、第四节。耶稣说："为什么看见你弟兄眼中有刺，却不想自己眼中有梁木呢？你自己眼中有梁木，怎能对你弟兄说'容我去掉你眼中的刺'呢？"

昂蒂姆用手绢角挑出一颗极小的煤屑。

"谢谢！谢谢！现在你们请便吧，我头疼得厉害。"

玛格丽特在休息，朱利于斯和女仆在打开行李，韦罗妮克在监督准备晚饭，昂蒂姆照料朱莉，将她带进自己的卧室。他离开这位外甥女时，她还很小，因此认不出这个严肃而质朴地微笑的大姑娘了。他让她待在身边，谈一些孩子气的鸡毛蒜皮的事，想逗她高兴。过了一刻，他的目光落到了孩子脖子上挂的一条细银链上，他猜那上面一定挂着圣牌。他用粗大的食指鲁莽地将圣牌挑到孩子胸前，摆出惊讶的面孔以掩饰自己病态的厌恶：

"这些小玩意儿是什么呢？"

朱莉很清楚他是明知故问。她又何必不高兴呢？

"怎么，姨父，您从来没见过圣牌？"

"真的没有，孩子。"他撒谎说，"它们并不特别漂亮，大概有点什么用处吧。"

泰然自若的虔诚并不妨碍开一两个无伤大雅的玩笑。孩子看见壁炉上方的玻璃镜前有一张她的照片，便指着它说：

"姨父，您那里有一张小姑娘的照片，它也不特别漂亮，那对您有什么用呢？"

这个伪善的小信徒居然具有如此机敏的应变能力，如此明白事理，昂蒂姆姨父一时无言以对。总不能和九岁的小姑娘讨论形而上学吧！他微笑着。小姑娘立刻抓住大好时机，指着那些小小的圣牌说：

"这是我的主保圣人圣朱莉的圣牌，这是圣心圣牌，圣……"

"你没有仁慈天主的圣牌？"昂蒂姆荒唐地打断她说。

孩子很自然地回答：

"没有，人们不做仁慈天主的圣牌……瞧这一块最漂亮，这是卢尔德①的圣母圣牌，弗勒里苏瓦尔姨妈从卢尔德带回来给我的，爸爸妈妈将我献给圣母的那天我戴上的。"

昂蒂姆已经忍受不住了。他一刻也不想明白这些形象所勾起的难以形容的美丽情景：一队身穿白色和蓝色衣服的孩子走在五月的天空下。他克制不了亵渎的怪癖，说道：

"这么说仁慈的圣母没有接受你，你不是仍然和我们在一起吗？"

孩子没有回答。她是否已经明白，对付某些放肆言行的最好办法就是不予理睬？况且，有什么可说的呢？对于这个离奇古怪的问题，朱莉并没有脸红，共济会会员倒是脸红了：由失礼而引起的暗暗的、轻微的慌乱，暂时的惶惑。姨父为了掩饰这一点，在外甥女纯洁的额头上恭恭敬敬地吻了一下，作为补偿。

"您为什么装作坏人呢，昂蒂姆姨父？"

小姑娘没有看错，其实这位不信神的学者是重感情的。

---
① 天主教朝拜圣母的主要地点之一。

那又为什么顽固地拒绝呢?

此时,阿代勒推开了门:

"太太请小姐去。"

显然,玛格丽特·德·巴拉利乌尔害怕姐夫影响了女儿,不喜欢她和他待得太久。稍后,当大家就餐时,他竟然低声和玛格丽特提起这事。玛格丽特用仍然轻度发炎的眼睛看着他说:

"害怕您?亲爱的朋友,您的嘲笑在她心里不会起任何作用,她却会使十二三位您这样的人皈依宗教。不,不,我们这些人可是坚定的。不过,您想想,她还是孩子……她知道在我们这样腐败的时代,在我们这个由可耻的人统治的国家,什么亵渎的事没有呢?可悲的是,使她第一次感到丑陋的言论是从您那里来的,而您是她的姨父,我们希望教导她尊敬您。"

四

这番话既克制又明理,能使昂蒂姆平静下来吗?

是的。在上头两道菜时(晚餐简单而精美,只有三道菜),这家人就不棘手的问题闲聊起来。他们照顾玛格丽特的眼睛,最初谈的是眼科学(巴拉利乌尔夫妇假装不注意昂蒂姆的囊肿更大了),接着便谈论意大利烹饪,这是对韦罗妮克致意,并且说她准备的晚餐十分精致。接着,昂蒂姆问起弗勒里苏瓦尔夫妇的近况,因为巴拉利乌尔夫妇最近去波城看过他们,又问起朱利于斯的姐姐圣普里伯爵夫人的近况,她正在波城附近度假,最后又问起巴拉利乌尔夫妇美丽的大女儿热纳维埃芙,父母本想带她一同来罗马,但她从来不肯离开儿童医院,每早去塞夫尔街给可怜的孩子包扎伤口。接着,朱利于斯提出昂蒂姆的土地被征购这个严肃问题。昂蒂姆年轻时第一次去埃及,在那里买下一块地,由于地势不好,这块地至今没有多大价值。但是前不久听说要修一条从开罗到赫利奥波利斯的新铁路,铁路要穿过昂蒂姆的土地。冒险的投机生意早已使阿尔芒-迪布瓦家的钱袋瘪了下来，因此他们需要这笔横财。朱利于斯来罗马前曾和负责研究线路的专家工程师马尼通谈过，因此劝告连襟别抱奢望，因为很可能希望落空。昂蒂姆没有说共济会来过问这件事，共济会决不会抛弃它的成员。

昂蒂姆问及朱利于斯进法兰西学院的事有多大希望，他微笑着问，因为他不大相信，朱利于斯本人也装出处之泰然、漠不关心的态度，仿佛已经放弃了。何必告诉他姐姐居伊·德·圣普里伯爵夫人可以左右安德烈红衣主教，因而也左右与主教投票一致的十五位院士呢？昂蒂姆对巴拉利乌尔的新作《顶峰的空气》稍稍恭维了几句，实际上他认为该书一文不值，朱利于斯也清楚这一点，为了维护自尊心，他赶紧说：

"我想您是不会喜欢这种书的。"

昂蒂姆很愿意原谅这本书，但对方在影射自己的观点，他的舌头发痒。他反驳说自己的观点决不影响对一般艺术品的判断，何况是连襟的作品。朱利于斯带着迁就随和的优越感微微一笑，并且换了一个话题，询问连襟坐骨神经痛的毛病现在如何，但他说错了，说成了腰痛病。嗯！朱利于斯为什么不询问他的科学研究呢？那他就大有可说的了。腰痛病！为什么等一会儿不问到他的囊肿？而他的科学研究，连襟显然一无所知，而且宁可一无所知……昂蒂姆已经十分激动，恰好"腰痛病"又使他疼痛，于是他气恼地冷笑：

"我的病是否好一些……哎哟！您会很不高兴的！"

朱利于斯很吃惊,请求连襟告诉他为什么把他想得如此不近人情。

"当然啰!您的家人一生病,您就去请医生,可是病好了却不归功于医学,而归功于治疗期间您做的祈祷。医生可没有在复活节领圣体,见鬼!您认为他能治愈是荒谬的事。"

"那么您宁可一直病下去,也不愿祈祷吗?"玛格丽特语气坚定地问道。

她来掺和什么?一般说来她从不参与一般性谈话。朱利于斯一开口,她好像就消失了。他们是男人对男人谈话,不需转弯抹角!他猛然朝她转过身来。

"我可爱的夫人,您要知道,如果痊愈就在这里,这里,您听明白了,"他狂热地指着盐瓶说,"就在这么近的地方,而我要获得抓住它的权利,却必须哀求校长先生(他情绪不佳时,往往这样戏称天主),或者恳请他介入,请他为我打乱现有秩序,打乱自然的因果秩序,古老的秩序,嗯,那我就不要这种痊愈,我要对他,对校长说:让您的奇迹见鬼去吧,我不稀罕。"

他一字一句,一个音节一个音节地说。由于生气,他提高了嗓门。他真可怕。

"您不稀罕……为什么?"朱利于斯十分平静地问。

"因为它会强迫我相信那个不存在的神。"

他一面说,一面用拳头敲桌子。

玛格丽特和韦罗妮克不安地相互看一眼，然后两人都看着朱莉。

"我想你该去睡觉了，女儿。"母亲说，"快去吧，一会儿我们来你床边道晚安。"

孩子被姨父的邪恶话语和疯狂态度吓坏了，赶紧逃走。

"我要是痊愈，只能感谢我自己。这就够了。"

"哦！那医生呢？"玛格丽特壮着胆子问。

"我付他医疗费，这就清了。"

然而，朱利于斯用最低沉的声音说：

"而感谢天主就会束缚您……"

"是的，老弟，所以我不祈祷。"

"可别人为你祈祷，朋友。"

说话的是韦罗妮克，在这以前她没有开口。昂蒂姆听见这个十分熟悉的温柔声音，吓了一跳，丧失了克制力，滔滔不绝地说些相互矛盾的话。首先，谁也无权违背另一个人的意愿来为他祈祷，无权在另一个人一无所知的情况下为他求情，这是背叛。她什么也没有得到，这太好了，这会让她明白她的祈祷一文不值！有什么得意的！……不过也许她祈祷得不够？

"您放心，我会继续祈祷的。"韦罗妮克像刚才一样柔声地说。然后，她仿佛置身于愤怒的狂风之外，满面笑容地告诉玛格丽特她每晚要照例地以昂蒂姆的名义在房屋北墙角那尊普通圣母像前点两支蜡烛，她曾看见贝波也在那座像前

梵蒂冈地窖 | 025

画十字。贝波就睡在旁边,就在墙角的凹洞里栖身。在一定的钟点,韦罗妮克准看见他在那里。圣母像的凹洞在高处,行人够不着,韦罗妮克也够不着。贝波(现在是一个十五岁的瘦高少年了)攀着石头和一个金属环,将熊熊燃烧的蜡烛举放在圣像前……不知不觉地话题从昂蒂姆身上移开了,越过了他,现在两姊妹谈的是民间令人感动的虔诚,正是由于这一点,最粗糙的雕像最受人敬重……昂蒂姆完全不知所措了。怎么!韦罗妮克今早已经背着他给老鼠喂食,这还不够吗?现在她又点蜡烛!以他的名义!他的妻子!而且将贝波也拖进这种装腔作势的蠢事中……啊,我们走着瞧吧!……

血液涌上了他的头,他感到窒息,太阳穴在隆隆作响,他很费劲地站起来,把椅子也踢倒了,还碰翻了一杯水,水洒到餐巾上,他擦擦前额……他是否不舒服?韦罗妮克赶紧过来,他粗鲁地推开她,朝门口逃去,将门砰的一声关上,他那不均匀的脚步声在走廊里渐渐远去,还伴着一瘸一拐的低沉的拐杖声。

他的突然离去使餐桌旁的人感到狼狈,不知所措。他们默默无言地待了一会儿。

"可怜的姐姐!"玛格丽特最后说。然而这种情景再次显示了姊妹俩的性格各异。玛格丽特的心灵正是天主用来制造殉道者的珍贵材料制成的。她知道这一点并且企望受苦,可惜她在生活中并无任何欠缺,各方面都很美满,于是她那良好的承受力只能在令她不快的小事中发挥作用了。她借用鸡毛蒜皮的事来轻轻刺伤自己,她抓住一切,拼命抓住一切。她善于安排情景,使别人冒犯她,然而朱利于斯似乎专门致力于使她无法展示美德,因此,她在他身边总是不满足,动不动就发脾气,这也不足为奇了。要是有一个像昂蒂姆这样的丈夫,那可是多么美好的事业!她看到姐姐不会利用这一点很生气。的确,韦罗妮克从不抱怨。她永远在热情地微笑,挖苦、嘲笑等等都不能在她身上留下痕迹,大概是因为她早就认定会孤独一辈子吧。再说昂蒂姆对她并无恶意,他想说什么就让他说吧!她解释道,他嗓门太大是因为不能随意走动,如果他步履轻健就不会这样发脾气了。朱利于斯问他会去哪里。

"去他的实验室了。"韦罗妮克回答。玛格丽特问是否最好去看看他发了这么大的脾气,可能身体不适!韦罗妮克说最好让他单独安静下来,对他的离去不必太在意。

"我们安安静静地吃完饭吧!"她最后说。

五

不，昂蒂姆没有在实验室停下来。他迅速穿过六只老鼠被折磨得奄奄一息的地方。为什么不在被夕阳笼罩的地方多待待呢？纯净的暮色能抚慰他叛逆的心灵，也许能促使他……啊不，他在逃避忠告。他从那难走的螺旋式楼梯下到院子里，又穿过院子。这个残废人急匆匆的行动在我们看来是悲惨的，因为我们知道他每走一步要付出多大的努力，每一次努力又带来多大的痛苦。什么时候能看见他为了行善而付出如此狂烈的精力呢？有时从他歪曲的嘴中发出一声呻吟，他的脸在抽搐。这股蔑视宗教的怒气会将他引向何处？

圣母伸着双手，让神恩和天光的光泽流向尘世。它守护这座房屋，也许还为亵渎神明者求情。这不是弗勒里苏瓦尔-莱维雄艺术厂今天生产的那种用布拉法法斯式罗马塑性纸板做的现代雕像，而是朴实无华、体现大众崇拜的雕像，因此在我们眼中显得更美、更有说服力。雕像对面，稍远的正前方，有一盏灯，照着雕像苍白的脸、发光的双手和蓝袍，灯挂在突出在神龛上方的锌皮顶棚上，顶棚还遮挡着挂在两面墙上的还愿物。在行人伸手可及的地方，有一扇小金属门，挂灯的绳卷就在里面，只有教区的执事有钥匙。此外，雕像面前日夜燃烧着两根蜡烛，这是韦罗妮克刚才送来的。共济会会员一见以他的名义献上的这两根蜡烛，又火冒三丈。贝波正在栖身的墙壁凹洞里吃面包头和几根茴香，快吃完了。他见昂蒂姆跑了过来，便和气地向他致意。昂蒂姆没有答礼，一把抓住孩子的肩头，低头对他说了些什么，以致孩子颤抖起来。不！不！孩子抗议说。昂蒂姆从背心口袋里掏出一张五里拉的钞票，贝波感到气愤……将来他也许会偷东西，甚至会杀人，谁知道贫困会使他的额头沾上什么污秽呢？然而，对保佑他的圣像出手攻击，那可不行！他每晚睡觉前向它诉说，每早一醒来就对它微笑……昂蒂姆尽可激励他，贿赂他，责骂他，威胁他，得到的只是拒绝。

不过我们切莫误会。昂蒂姆真正憎恨的并非圣母，而是韦罗妮克的蜡烛，但是贝波心地单纯，不明白这些细微区别，何况，蜡烛一旦献上，谁也无权吹灭……

孩子的反抗激怒了昂蒂姆，他推开贝波要单独干。他斜靠在墙上，抓住拐杖的下端，奋力将拐杖柄朝后摆动，然后，用尽全身力气将拐杖扔向空中，拐杖撞到了神龛壁又砰的一声落下，夹着不知什么碎片和灰泥。他拾起拐杖，退后几步看看神龛……见鬼！那两支蜡烛仍在燃烧。这是什么意思？雕像的右手只剩下一根黑金属杆。

梵蒂冈地窖 | 029

他清醒了，凝视片刻自己行为的可悲后果，可笑的行凶……啊！呸！他的眼光在寻找贝波，但孩子已无踪影。夜幕降临。昂蒂姆孤独一人。他看见路上有拐杖撞下来的碎片，便拾了起来，这是一只灰泥的小手，他耸耸肩，将它放进背心口袋里。

这位破坏圣像者满脸羞愧，满心气恼，又回到实验室。他想工作，但是那可恶的行动使他筋疲力尽，只想睡觉。当然，他不和任何人道晚安就要上床了……他走进卧室时，话语声使他站住。隔壁房间的门是开着的，他从阴暗的走廊里轻轻走过去……

小朱莉像常见的小天使一样，穿着睡衣跪在床上。在床头的灯光下是韦罗妮克和玛格丽特，她们也双双跪着。朱利于斯稍稍靠后，站在床脚，一只手放在胸前，另一只手捂着眼睛，姿势既虔诚又有男子气概。他们在听孩子祈祷。整个房间静悄悄的，学者不免回忆起尼罗河畔某个宁静的金色黄昏，正如此刻孩子的祈祷升向天空一样，那时也有一缕蓝烟笔直地升向纯净无比的天空。

祈祷大概快结束了。孩子现在背完了熟记的经文，按照自己的想法祈祷，为许多人祈祷，为孤儿，为病人，为穷人，为姐姐热纳维埃芙，为姨母韦罗妮克，为爸爸，求亲爱的妈妈的眼睛快点好……这时，昂蒂姆的心在挛缩，他从房门口，从房间的另一头，用故意嘲弄的声音高声说：

"为姨父呢，你就不为他向仁慈的天主祈求什么？"

于是，使众人大吃一惊，孩子用出奇地坚定的声音说："仁慈的天主，我还请求您宽恕昂蒂姆姨父的罪孽。"这句话击中了这位无神论者的心窝。

六

这天夜里,昂蒂姆做了一个梦。有人敲他卧室的小门,不是通走廊的门,也不是通隔壁房间的门,而是另一扇门。他清醒时从未见过这扇门,门开向大街,因此他感到害怕。最初他保持沉默,不回答敲门声。在朦胧的光线下,他认出了卧室里细小的物品,光线微弱而柔和,像是通宵不灭的小烛光,然而这里并无这种烛光。他想弄清这光线从哪里来。敲门声第二次响了。

"您要什么?"他战战兢兢地问道。

第二次敲门时,他感到异常虚弱,动弹不了,虚弱得连恐惧的情感都融化了(后来他称这为"无可奈何的柔情"),突然间,他感到自己招架不住,房门即将被推开。房门静悄悄地打开了,刹那间他只看见一个黢黑的洞口,它仿佛是圣龛,圣母在那里出现了。她是一个矮矮的白色形体,两只光脚露在睡袍外面。他以为是小外甥女朱莉,刚才离开她时她就是这个样子,但是过了一会儿,他认出这是他冒犯过的圣母,我是说她就像街头上那尊雕像,他甚至认出了右前臂上的伤口，但是那张苍白的面孔比往常更美，更溢满了笑容。他并未确切地看见她行走，她仿佛是滑过来的。来到他床头时，她说：

"你这个伤害我的人，你以为我必须有手才能治愈你吗？"与此同时，她将空袖举到他面前。

现在他感到那奇异的光是由她发出来的。但是，当金属杆突然插进他腰间时，剧烈的疼痛刺穿了他，他在黑暗中醒了过来。

昂蒂姆大概过了一刻钟才恢复知觉。他全身感到一种奇异的怠乏和迟钝，接着是几乎愉快的麻木，以致他怀疑刚才是否真正感到腰部剧痛。他不知道梦是从哪里开始，到哪里结束的，也不知道他此刻是否醒着，刚才是否做梦。他拍拍自己，捏捏自己，看看是否确是自己。他将一只手臂伸出床外，最后划着了一根火柴。在他身边，韦罗妮克面朝墙睡着。

于是他掀起被单和毯子，轻轻滑下床，直到光脚尖稳稳地踩着拖鞋。拐杖就在那里，靠在床头柜上。他没有取拐杖，两手撑着床将身体朝前抬起，然后将脚伸进皮拖鞋，然后直直地站了起来，然后，他还没有把握，将一只手臂朝前伸，一只手臂朝后伸，沿着床走了一步、两步、三步，然后，他穿过房间……圣母啊！莫非……？他悄悄地穿上裤子、背心、外衣……打住吧，啊！我这支冒失的笔！既然得到解脱的心灵已经展翅高飞，瘫痪的肉体在痊愈后的笨拙骚动又算得了什么呢?

一刻钟以后,韦罗妮克出于我不知道的什么预感,醒了过来,发现昂蒂姆不在身边,担心起来。她划了一根火柴,看见与残废人须臾不离的那根拐杖仍然靠在床头柜上,便更加担心。火柴在她手中燃完了,因为昂蒂姆出去时带走了蜡烛。韦罗妮克摸索着马马虎虎穿上衣服,然后也走出卧室,立即朝门下漏出光亮的那间陋室走去。

"昂蒂姆!你在这里吗,朋友?"

没有回音。韦罗妮克侧耳听,有一种奇怪的声音,于是她焦虑地推开了门。她面前的景象使她在门口一动不动地呆住了。

她的昂蒂姆就在那里,在她对面。他既非坐着,也非站着。他的头顶和桌子一样高,完全沐浴在被他放在桌边的蜡烛的亮光中。多少年来,学者昂蒂姆,无神论者昂蒂姆从未弯下他那瘫痪的膝头和不屈服的意识(值得注意的是,在他身上,精神与肉体相辅而行),此刻他却跪着。

昂蒂姆跪在那里,双手捧着一小块灰泥,正狂热地亲吻,热泪也落在上面。他最初没有理睬韦罗妮克。面对这神奇的景象,她目瞪口呆,既不敢退出去也不敢进来,打算在门口,在丈夫对面跪下来,这时他却毫不费劲地站了起来,啊!奇迹,而且步履稳健地朝她走来,双臂抱住她。

"从今以后,"他一面说一面将她紧紧搂在胸前,低头看着她,"从今以后,朋友,你将和我一同祈祷。"

七

共济会会员的皈依宗教不可能长久保密。朱利于斯·德·巴拉利乌尔连一天都等不及，赶紧告诉安德烈红衣主教，后者又在法国保守派和高级僧侣中将消息传开，与此同时，韦罗妮克通知了安塞尔姆神甫，因此梵蒂冈很快就知道了。

阿尔芒-迪布瓦大概受到了特殊恩宠。他也许不该冒失地说圣母真正向他显过灵，不过，即使他只是梦见圣母，他的痊愈也是实实在在无法否认的，的确是奇迹。

对昂蒂姆来说，治好病也就够了，然而对教会而言，这是不够的。教会要求他公开宣誓弃绝无神论，而且准备大加渲染。

"怎么？"几天以后安塞尔姆神甫对他说，"您在犯错误期间，以各种方式散布了异端邪说，现在上天想从您身上总结出崇高的教诲，您却在逃避？您那无用科学的虚妄知识使多少心灵背弃了光明！今天应该由您使他们重归光明，而您却犹豫不决。我说'应该由您'，其实这是您无法推卸的责任。我不认为您感觉不到这个责任，那会是对您的侮辱。"

不，昂蒂姆不逃避责任，但他害怕这样做的后果。前面说过，他在埃及的巨大利益被掌握在共济会手中。没有共济会的支持他能做什么呢？怎能希望共济会继续支持它的叛逆者呢？他原盼望共济会帮他赢回财富，现在却看到自己面临倾家荡产了。

他将这件事告诉了安塞尔姆神甫。神甫原先并不知道昂蒂姆职位很高，一听之下十分高兴，因为宣誓仪式更会引人注目。两天以后，《观察家》和《圣十字报》的读者都知道了昂蒂姆身居要职。

"您这是毁了我。"昂蒂姆说。

"嗯，我的孩子，恰恰相反，"安塞尔姆神甫回答说，"我们在拯救您。至于您的物质需求，不用放在心上，教会会提供补偿的。您的情况，我曾和帕齐红衣主教长谈过，他会向兰波拉反映的。最后我还要告诉您，教皇也知道了您的弃绝行动，教会会承认您为它做出的牺牲，不会让您蒙受损失。此外，您可能过分强调共济会在这方面的效率了吧（他微微一笑）？我并非不知道不可低估他们！……他们的敌意会使您蒙受多大的损失，您有估计吗？告诉我大概的数目，而且……（他将左手食指举到鼻尖，态度和善而调皮）而且别害怕。"

大赦年的节庆活动过后十天，昂蒂姆的宣誓仪式在耶稣教堂举行，盛况空前。当时的报纸纷纷做了报道，我在此就不赘述了。耶稣会会长助理T神甫在仪式上作了他最著名的一番演说：显然，这位共济会会员的心灵曾经痛苦得近似疯狂，他的极端仇恨本身就是爱的先兆。这位神职演说家回顾了大数的扫罗①，发现昂蒂姆破坏圣像的行为和圣司提反②的被石头击毙有惊人的相似之处。可敬的神甫滔滔不绝，声音在教堂里膨胀、滚动，仿佛是海潮的巨浪在崖洞里轰鸣，这时昂蒂姆想到外甥女细微的声音，心中暗暗感谢这个孩子，是她祈求圣母怜悯姨父亵渎宗教的罪孽，从此以后，他将全心敬奉圣母。

从这天起，昂蒂姆一心只想更崇高的事业，几乎没有注意他的名字所引起的纷争。朱利于斯·德·巴拉利乌尔代他受罪，打开报纸时总是怦怦地心跳。与正统派报纸的最初颂扬唱对台戏的是自由派报纸的嘲骂了。《观察家》发表了重要文章《教会的新胜利》，与此针锋相对，《幸福时代》发表了抨击文章《又多了一个傻瓜》。《图卢兹电讯报》刊登了昂蒂姆在病愈前两天寄去的专栏文章，但在前面加了一个讽刺的按语，朱利于斯以连襟的名义给该报写去一封既不失身份又措词冷淡的信，声明从此以后这位"改宗者"不再与它合作。《未来报》则抢先一步，很有礼貌地谢绝了昂蒂姆。昂

---

① 即归顺耶稣基督以后的门徒圣保罗。见《新约·使徒行传》第二十二章。
② 耶路撒冷的虔诚信徒，被众人用石头打死。见《新约·使徒行传》第六、第七章。

蒂姆泰然地承受打击，这种泰然的神态来自真正虔诚的心灵。

"幸好《通讯》会对您开门，我敢担保。"朱利于斯用带嘘音的声音说。

"可是，亲爱的朋友，我还能写什么呢？"昂蒂姆友善地反驳说，"昨天我做的事，今天不再使我感兴趣了。"

接着是沉默。朱利于斯不得不返回巴黎。

昂蒂姆在安塞尔姆神甫的催促下，乖乖地离开了罗马。共济会撤回支持后不久昂蒂姆就破产了。韦罗妮克对教会的支持深信不疑，鼓动他一次次拜访高层僧侣，但他一无所获，只是使这些人从不耐烦到不快，他们友好地劝他去米兰，在那里静等允诺过的补偿以及被泄漏的天恩的剩余部分。

第二篇
朱利于斯·德·巴拉利乌尔

……既然永远也别使任何人无法回头。

雷斯红衣主教[1]

卷八页九三

---

[1] 雷斯红衣主教(1613—1679),法国红衣主教、政治家、作家,著有《回忆录》。

一

三月三十日午夜,巴拉利乌尔一家返回巴黎,回到韦尔讷伊街的住所。

玛格丽特准备就寝时,朱利于斯穿着拖鞋,举着一盏小灯走进了书房,他每次进来都很高兴。书房布置得很朴素,墙上挂着几幅莱皮纳①和一幅布丹②的画,墙角一个旋转底座上是大理石雕像,那是夏普③为他妻子作的半身像,颜色与周围不大和谐。房间中央是一张文艺复兴式样的大桌子,自他走后,书籍、小册子、简介等都在桌上堆了起来。在一个嵌有金属丝花纹的珐琅托盘里,有几张折角的名片,稍远处,有一封信靠在巴里④的青铜雕像上引人注意,他认出了老父的笔迹,立即拆开读了起来:

亲爱的儿子:

最近以来我的体力大减。有些明显的兆头告诉我将不久于人世了。再多待下去对我也无多大好处。

我知道你今晚回到巴黎。我相信你愿意立刻帮我一个忙。由于我很快会告诉你的某些安排,我需要知道一位名叫拉夫卡迪奥·卢基(w和i几乎不发音)的年轻人是否仍旧住在克洛德-贝尔纳巷十二号。

如果你能去那里一趟,见见那个人,那我就感激不尽了(你是小说家,可以轻易地找个借口进去)。我必须知道:

一、这位年轻人在干什么?

二、他想干什么?(有没有抱负?什么样的抱负?)

三、最后告诉我你认为他的才干、能力、欲望、兴趣等等如何。

你暂时别来看我,我心情不好。你可以简单地将情况写信告诉我。如果我想谈话,或者感到大限已到,我会和你打招呼的。

吻抱你。

朱斯特-阿热诺·德·巴拉利乌尔

又及:不要显出你是我派去的,这位年轻人不认识我,而且应该继续不认识我。

拉夫卡迪奥·卢基今年十九岁,罗马尼亚人,孤儿。

---

① 莱皮纳(1835—1892),法国风景画家,印象派绘画的先驱。
② 布丹(1824—1898),法国风景画家,印象派绘画的先驱。
③ 夏普(1833—1891),法国雕刻家。
④ 巴里(1796—1875),法国雕刻家,擅长雕刻动物铜像。

我翻了翻你的新书。如果在这本书以后你进不了法兰西学院，那么，你写这些废话就是不可饶恕的了。

不可否认，朱利于斯的新书没有受到好评。小说家虽然感到疲乏，却仍然翻阅起报刊剪报来，上面提到他的名字时都不是在恭维。接着他推开一扇窗，吸吸夜间多雾的空气。他书房的窗户开向大使馆花园，那花园像是盛圣水的黑盆，能洗去他眼睛和心灵中的尘世和街头的污浊。一只看不见的乌鸦在清纯地鸣唱，他侧耳听了片刻，然后回到卧室，玛格丽特已经上了床。

他害怕失眠，便从五斗柜上拿起一小瓶经常喝的橘花茶。为了体贴妻子，他谨慎地将捻得很小的油灯放在睡椅下方，但他喝完酒放酒杯时，玻璃杯轻轻响了一下，惊动了沉睡中的玛格丽特，她像动物一样哼唧着面朝墙翻过身去。朱利于斯以为她醒着，十分高兴，走到床边，一面脱衣一面说：

"你知道我父亲怎样看我的书吗？"

"可是，亲爱的朋友，你可怜的父亲根本没有文学意识，这你对我说过上百次了。"玛格丽特咕哝说，她只想睡觉。但是朱利于斯心情太沉重了：

"他说我写了这些废话实在可耻。"

相当长久的沉默。玛格丽特又沉了下去，将文学抛到了脑后。朱利于斯认定自己要独自待着了，但妻子出于对他的爱又奋力挣脱出来：

"我希望你不会为这事烦恼吧？"

"我很冷静，这你看得出来。"朱利于斯立刻说，"但是我觉得这话不该由我父亲说，别人说都可以，就不该是我父亲，特别是关于这本书，因为它其实只是为他立的丰碑。"

确实如此。朱利于斯在这本书里记述的不正是老外交家具有代表性的生涯吗？他不是赞扬了朱斯特-阿热诺那高尚、宁静、古典的政治生活与家庭生活吗？那是与胡闹的浪漫生活完全不同的。

"幸好你写这本书并不是让他感谢你。"

"他认为我写《顶峰的空气》是为了进法兰西学院。"

"要是真进了呢！要是你因为这本好书而进法兰西学院呢！"接着，她用怜悯的口气说，"总之，但愿报纸杂志会开导他。"

"报纸！还说报纸！……杂志！"他气愤地看着玛格丽特，仿佛这都怪她。他苦笑着说："四面八方都在抨击我。"

这下玛格丽特完全清醒了。

"你受到很多批评？"她关心地问。

"也有赞扬，令人感动的虚假赞扬。"

"你本来就瞧不起记者，你做得对。你还记得沃居埃先生前天给你写的信吗？'您这样的笔像一把剑在捍卫法兰西'。"

"'您这支笔比剑更有效地捍卫法兰西，以对付威胁我们的野蛮'。"朱利于斯纠正说。

"还有安德烈主教，他答应投你的票，最近还向你保证整个教会都支持你。"

"我可不稀罕这种优待！"

"我的朋友！……"

"我们刚在昂蒂姆身上看到高级僧侣的保护值几文钱。"

"朱利于斯，你变得尖刻了。你不是经常说工作不是为了奖赏，也不是为了别人的赞同，你自己赞同就足够了吗？你甚至为此还写过漂亮的文章哩。"

"我知道，我知道。"朱利于斯不耐烦地说。

这种药茶对他深深的痛苦有什么好处呢？他走进盥洗室。为什么他在妻子面前失态，显得如此可怜？妻子们善于用亲抚和安慰来解除丈夫的苦恼，但他的苦恼不属于这个类型。出于自尊，出于羞耻之心，他应该将苦恼藏在心头。"废话！"当他刷牙时，这两个字敲着他的太阳穴，搅乱他崇高的思想。他的新作有什么了不起呀！他忘记了父亲的那句话，至少忘记那句话是父亲说的……他脑中生平头一次出现一个可怕的问题——在此以前他遇见的不是称赞就是微笑——他开始怀疑这些微笑的真诚性，这种称赞的价值，自己作品的价值，怀疑自己思想和生活的真实性。

他又回到卧室，漫不经心地一手拿着漱口杯，一手拿着牙刷。他将装着半杯粉红水的杯子放在五斗柜上，将牙刷放进杯里，在玛格丽特经常写信的那张槭木小叠橱式写字台旁坐下，拿起妻子的蘸水笔，在一张发出幽香的淡紫色纸上写道：

亲爱的父亲：
　　今晚我回来时见到您的信。自明天起，我就去完成您托付我的事，希望办得使您满意，以证明我的忠诚。

朱利于斯生性高贵，在受到冒犯以后，更显出真正的高贵品质。接着，他上身向后仰，举着笔待了一会儿，他在斟酌措词：

我很难过，正是您怀疑我出于私心……

不，还不如写：

您认为我不重视文学创作上的正直吗……

他找不到合适的措词。他穿着睡衣，感到快着凉了，便揉皱了那张纸，又拿起漱口杯，将它放回盥洗室，同时将揉皱的纸扔进桶里。

他上床时，碰碰妻子的肩头。

"那你呢，你对我的事怎么看？"

玛格丽特微微张开一只暗淡的眼睛。朱利于斯不得不再问一遍。玛格丽特半转过身来瞧着他。在布满皱纹的前额下，他抬着眉毛，紧闭双唇，样子很可怜。

"你是怎么了，朋友？什么！你真认为这本书不如前几本书？"

这不是回答。玛格丽特在逃避。

"我想别的书不见得比这本书好，嗳！"

"啊！那好！……"

面对过分的追问，玛格丽特失去了勇气，也感到自己温柔的论据毫无用处，于是翻身朝着暗处又睡着了。

二

朱利于斯具有一定的职业好奇心，而且自满地幻想人世间的一切对他都不应陌生，然而，尽管如此，他至今未越出他那个阶层的习俗，只和本阶层的人交往。他不是没有兴趣，而是没有机会。动身去拜访那位年轻人时，他意识到自己的装束很不合适。大衣、硬胸，就连喀琅施塔德帽都显出一种难以说清的端庄、克制和高雅……不过，也许这样更好，免得他的装束使年轻人对他过于随便。应该用话语来赢得他的信任，他想道。他一面朝克洛德-贝尔纳巷走去，一面在想通过什么预防措施、什么借口走进去调查。

朱斯特-阿热诺·德·巴拉利乌尔伯爵能和这位拉夫卡迪奥有什么纠葛呢？这个问题在朱利于斯周围嗡嗡响，令他厌烦。他刚写完父亲的生平，不能再就它提问题。他只愿意知道父亲告诉他的事。近几年来，伯爵变得沉默寡言，不过他从来也不曾故弄玄虚。朱利于斯穿过卢森堡公园时下起了暴雨。

克洛德-贝尔纳巷十二号门前正停着一辆马车，朱利于斯经过时，看见一位戴着极大的帽子，打扮得花枝招展的女人。

他对这座带家具出租的房屋的看门人说出拉夫卡迪奥·卢基的名字，他的心在怦怦跳，仿佛正沉入一场冒险之中。然而，当他走上楼梯时，平庸的环境，毫无价值的装潢使他扫兴，他的好奇心失去了支撑，减弱并让位给了厌恶。

在五楼上，没有铺地毯的走廊在离楼梯口几步远处拐弯，走廊的光线只是从楼梯间射进来的。走廊的左右两侧是关着的房门，顶头上的那扇门半掩着，漏出细细一缕光线。朱利于斯敲门，没有回音。他胆怯地将门稍稍推开，房间里没有人。朱利于斯又走了下来。

"他要是不在家，很快就会回来。"看门人曾经说过。

大雨倾盆。在前厅里，正对着楼梯有一间会客室，朱利于斯准备进去。但那黏糊糊的气味和破败的景象使他退了回来，他想自己完全可以推开五楼的门，进到年轻人房间里，在那里等他。于是他又上楼。

他再次在走廊里拐弯时，从与顶头房间相邻的房里出来了一位女人。朱利于斯撞上了她，表示道歉。

"您来是……"

"卢基先生是在这里吗？"

"他出去了。"

"啊！"朱利于斯说，声调十分不快，以致那个女人问道：

"您找他是急事吗？"

朱利于斯只准备对付陌生的拉夫卡迪奥，不觉感到狼狈，但机会难得，这个女人也许很了解那个年轻人！要是能让她开口……

"我想向他打听一件事。"

"您从哪里来？"

她大概以为我是警察？朱利于斯想。

"我是朱利于斯·德·巴拉利乌尔伯爵。"他用稍稍郑重的声音说，同时轻轻掀起帽子。

"啊！伯爵先生，请您原谅刚才没有……走道里很黑！您请进吧。（她推开顶头那扇门）拉夫卡迪奥大概很快就……他只是去……啊！对不起！……"

朱利于斯正要进去时，她先一步跑了进去。椅子上大模大样地摊着一条女裤，她无法将它藏起来，但至少努力使它不那么显眼。

"这里可真乱……"

"别忙！别忙！我习惯了。"朱利于斯殷勤地说。

卡萝拉·韦尼特加这个年轻女人相当胖，或者说有点肥，长得不错，精神健康，五官平平，但并不粗俗，而且有几分动人，眼神温柔，充满了兽性，声音颤抖。她戴着小软帽，穿着中央有水手结的罩衣式短上衣，还戴着男人衣领和白色衣袖，正要出门。

"您认识卢基先生很久了？"

"也许我可以为您给他带个口信？"她没有回答问题，又说道。

"是这样……我想知道他现在是不是很忙？"

"那得看是哪一天了。"

"因为，要是他有点空闲，我想请他……为我做点小事。"

"什么类型的事？"

"嗯！正好……我想先弄清楚他干的是什么类型的工作。"

问题并不诡诈，卡萝拉的外表并不鼓励对方拐弯抹角。巴拉利乌尔伯爵重新镇定下来，他此刻坐在卡萝拉拿走衣服的那张椅子上，卡萝拉离他很近，斜靠在桌旁，正开口谈话时，走廊上传来很响的声音，接着房门砰地被推开，朱利于斯刚才在马车里见过的那个女人出现了。

"我就知道，"她说，"我看见他上楼……"

卡萝拉稍稍离朱利于斯远一点，立刻说：

"根本不是这样，亲爱的……我们在谈话。这是我朋友贝尔塔·格朗-马尼耶，这是伯爵先生……对不起，我忘了您的姓名！"

"没关系。"朱利于斯有点拘束地握着贝尔塔伸过来的戴手套的手。

"你也介绍我呀。"卡萝拉说……

梵蒂冈地窖 | 051

"你听我说,姑娘,他们等我们一个小时了。"那个女人介绍过女友以后又说,"如果你想和先生谈谈,就带他去吧,我有车。"

"可他不是来看我的。"

"那你就来吧!您今晚能和我们一同吃饭吗?……"

"很遗憾。"

"对不起,先生。"卡萝拉红着脸说。她现在急着把女友带走。"拉夫卡迪奥一会儿就回来。"

两位女人出去时没有关门。走廊里没有地毯,声音很响。由于拐弯,有人走近时,看不见却听得见。

"我希望房间告诉我更多的事,也许比那个女人更好。"朱利于斯想道。他平静地开始观察。

可惜!这个带家具出租的房间平庸无奇,几乎没有东西能满足他外行的好奇心。

没有书柜,墙上没有镜框。壁炉上放着英文的笛福小说《摩尔·弗兰德斯》,版本很粗,只有三分之二的书页被裁开,还有一本意大利文的短篇小说集,作者是化名拉斯卡的安东-弗朗切斯科·格拉齐尼。这两本书使朱利于斯很惊讶。在它们旁边,在一小瓶薄荷酒后面,有一张照片也使他十分惊讶:在一个沙滩上,一位年华已逝但出奇地漂亮的女人俯靠在一位典型的英国男人手臂上,他穿着运动服,修长而高雅,在他们脚旁是一个健壮的男孩,他坐在翻过来的赛艇上,约摸十五岁,浓密的浅色头发很蓬乱,神气放肆,正在笑，全身上下一丝不挂。

朱利于斯将照片拿到亮处，它右角上有几个发白的字：杜伊诺，一八八六年七月。他记得杜伊诺是奥地利帝国位于亚得里亚海滨的一座小镇，但这几个字没有告诉他什么。他抿着嘴唇，点点头，将照片放回原处。冷冷的壁炉炉膛里藏着一盒燕麦粉，一袋小扁豆和一袋大米。稍远处是一副棋盘，它靠在墙上。没有任何东西使朱利于斯看出这位青年从事的是什么类型的学习或工作。

拉夫卡迪奥显然刚吃过饭。桌子上有一个小汽油炉，上面是一个小锅，锅里还泡着一个有孔眼的金属空心小蛋，喜欢轻装的旅游者们用这来烧茶。一个用过的茶杯周围有些面包屑。朱利于斯走近桌子，桌子有一个抽屉，钥匙就挂在那里……

关于下面将发生的事，我不希望读者对朱利于斯的性格产生误解，他决不是一个冒失的人。他尊重每个人保护隐私的权利，他十分把握分寸，然而，父亲的命令使他不得不屈服。他又等了一会儿，侧耳细听，外面没有动静，于是——这是违反他的意愿，违反他的原则的，但出于一种微妙的责任感——他打开桌子的抽屉，它并未锁上。

里面有一个俄国皮面的硬皮小本，朱利于斯拿了起来，翻开它。第一页上有这几行字，字迹与照片上的字相同：

给卡迪奥，让他用来记账，

> 给我忠实的伴侣,他的老叔父
>
> 法比

几乎紧接着,在下面,是一种带几分稚气的笔迹,写得规矩、笔直、整整齐齐:

> 杜伊诺。八六年七月十日,今早法比安爵士来这里看我们,给我带来一艘赛艇、一支卡宾枪和这个漂亮的小本子。

除此以外,第一页上没有别的东西。

第三页上,在八月二十九日下面,写着:

> 让法比多划四下蛙泳。

第二天是:

> 让法比多划十二下蛙泳……

朱利于斯明白这只是个记录锻炼的小本,然而,日期很快就中断了,在一张空页以后是:

> 九月二十日:由阿尔及尔动身去欧雷斯山脉。

接着是几个地点和日期，最后是这句话：

> 十月五日：返回坎塔拉，骑马一口气行驰五十公里。

朱利于斯又翻过几张空页，不久小本似乎重新开始。在一页的上方，有几行规规矩矩的大体字，作为新标题：

> 新的要求
> 　和
> 最高道德的书
> 从此开始。

其下，作为题词：

> 善于自我解剖
> 　　　　　　薄伽丘

面对这种对道德的关心，朱利于斯的兴趣又油然而生，这是他的追求。

然而，从下一页起他又失望了，小本子又成了账本，但是另一种性质的账本。再没有时间和地点的标记：

> 由于下棋时赢了普罗托斯———一彭塔[1]
> 由于显示我会说意大利语———三彭塔
> 由于在普罗托斯以前回答———一彭塔
> 由于说了决定性的话———一彭塔
> 由于得知法比死讯时哭泣———四彭塔

朱利于斯看得很仓促,以为"彭塔"是外国货币,因此觉得这个账单只是幼稚和庸俗的论功行赏。接着,账单又没有了。朱利于斯翻过一页,上面写着:

> 四月四日,和普罗托斯谈话:
> "你知道*走得更远*是什么意思吗?"

笔迹到此为止。

朱利于斯耸耸肩,闭紧嘴唇,摇着头将小本放回原处。他掏出表来,站起身走到窗前,朝外面看,雨已经停了。他朝进门时放下雨伞的房角走去。这时他看见在门口稍稍靠后的地方有一位英俊的金发青年正微笑着观察他。

---

[1] punta,意大利文,尖端、尖头。此处指为惩罚自己用小刀刺扎双腿的次数。

三

照片上的少年并未长大多少。朱斯特-阿热诺说十九岁，其实看上去只有十六岁。拉夫卡迪奥肯定是刚刚到的，朱利于斯放回小本时曾抬头看过门口，没看见有人，但怎么没有听见声音呢？于是朱利于斯本能地看看年轻人的脚，见他穿的是胶鞋而不是高帮皮鞋。

拉夫卡迪奥微笑着，笑中并无任何敌意。他似乎觉得好玩，带有几分嘲笑。他仍戴着旅行帽，但一见到朱利于斯的目光就摘下帽子，过分客气地鞠躬。

"卢基先生？"朱利于斯问道。

青年没有回答，又鞠躬。

"请原谅我进您房间等您。说实在话，要是没有人让我进来，我自己是不敢进来的。"

朱利于斯说得比平时快，声音也比平时高，以证明他丝毫不拘束。拉夫卡迪奥几乎难以觉察地皱起眉头，他朝朱利于斯的雨伞走去，一言不发地拿起雨伞，将它放到走廊里滴水，接着，他回到房里，示意朱利于斯坐下。

"您看见我大概觉得惊奇吧?"

拉夫卡迪奥平静地从银烟盒里取出一支烟,将烟点燃。

"我简单地向您解释我为什么来这里,您很快就会明白……"

朱利于斯越往下说,越感到自己的自信心在消失。

"是这样的……不过首先允许我自报姓名。"接着,他似乎对自报姓名感到拘谨,便从背心里掏出一张名片递给拉夫卡迪奥,对方没有看,将名片放在桌上。

"我是……我刚刚完成一部相当重要的作品,我没有时间亲自誊清。有人谈起了您,说您写得一手好字,另外,我想,"说到这里,朱利于斯的眼光雄辩地扫过空空的房间,"我想您也许乐于……"

"在巴黎没有谁会和您谈起我的字。"拉夫卡迪奥打断他说。他转眼看着抽屉,朱利于斯刚才不知不觉地拉破了一个难以觉察的软蜡封漆。青年将钥匙在锁眼里猛转一圈,然后放进衣袋。"谁也无权谈这个,"他瞧着脸红的朱利于斯又说,"此外(他说得很慢,没有抑扬顿挫,仿佛傻乎乎地)我也不清楚是什么事使先生……(他瞧瞧名片)使朱利于斯·德·巴拉利乌尔伯爵特别对我感兴趣。不过(他的声音像朱利于斯一样变得热忱和柔软),不过对一个需要钱的人来说——这一点您当然看到了——您的建议值得考虑。(他站了起来)请允许我,先生,明天上午去答复您。"

这是明显的逐客令。朱利于斯自知处境不利,不敢坚持。他拿起帽子,迟疑片刻。

"我本该多和您谈谈,"他笨拙地说,"请允许我希望明天……十点钟以后我等您。"

拉夫卡迪奥鞠躬。

朱利于斯刚在走廊里拐过弯,拉夫卡迪奥便关上了门,插上门栓。他跑到抽屉前,取出小本,翻到泄露秘密的最后一页,拿起铅笔,在几个月以来他没有碰过的空白处,用与最初的笔迹完全不同的直硬的大字写道:

由于让奥利布里乌斯①将肮脏的鼻子伸进这个本子——一彭塔

他从衣袋里掏出一把小刀,尖细的刀刃像一把短短的锥子,将它在火柴上烧一烧,然后隔着裤袋,一下将它刺进大腿。他不由自主地扮了个鬼脸。但这还不够。他没有坐下,俯身在桌子上,又在刚才那句话下面写上:

又由于向他表示了我知道——二彭塔

这一次他犹豫了,解开短裤,斜着翻下来,看着大腿,

---

① 古罗马帝国的高卢总督,泛指可笑古怪或自命不凡的人。

刚才刺的那个小伤口在流血，他观察在它四周像疫苗疤一样的旧伤口。他将刀刃再次用火烧，然后很迅速地往肌肉里刺了两下。

"我从前没有这么当心。"他心里想，一面去取那小瓶薄荷烧酒，往伤口上倒了几滴。

他的怒气消了几分，他放回酒瓶，发现他和母亲的合影不完全在原先的地方，于是他抓起照片，最后一次用近似忧伤的眼神瞧着它，接着，血涌上了他的脸，他狂怒地将它撕碎。他想将碎片烧掉，但碎纸不易点着，于是他把壁炉里的口袋都挪开，将他唯一的两本书放在炉膛里当柴架，将小本子撕破，撕成一片片，揉成一团团，将照片扔到上面，点燃了这一切。

他脸朝着火，认为看见这些回忆烧成灰烬是一种难以描述的满足。当一切化为灰烬，他站起身时，感到有几分头晕。房间里到处是烟。他去到盥洗室揩揩额头。

现在，他用更明亮的眼睛细看那张小名片。

"朱利于斯·德·巴拉利乌尔伯爵，"他重复说，"Dapprima importa sapere chi è."①

他摘下充当领带和硬领的围巾，半解开衬衣，站在开着的窗前，让肋部包围在新鲜空气中。接着他突然急于出门，赶紧穿鞋，系领带，戴上一顶很得体的灰毡帽——尽可能地

---

① 意大利文，首先应该弄清他是谁。

平静和文雅——他带上房间的门，朝圣叙尔皮斯广场走去。那里，在区政府对面是红衣主教图书馆，他大概会在那里找到他所要的资料。

四

他走过奥德翁剧场附近时,橱窗里陈列的朱利于斯的书吸引了他的目光。这是一本黄皮书,要是在别的时候,拉夫卡迪奥只要看见这本书的样子就会打哈欠。他摸摸小钱袋,将一个一百苏的钱币扔到柜台上。

"今晚又是一场好火!"他拿起书和找回的钱,想道。

在图书馆里,《现代人物词典》简要地介绍了朱利于斯平凡的生涯,列举了他的作品的题目,用适于挫伤一切兴趣的套话赞扬这些书。

呸!拉夫卡迪奥说……他正要合上词典时,上一条目中的三个字使他一惊。在"朱利于斯·德·巴拉利乌尔(子爵)"条目上方,是"朱斯特-阿热诺"的生平,上面写着"一八七三年在布加勒斯特任公使"。这几个简单的字为什么使他的心怦怦跳呢?

拉夫卡迪奥的母亲曾先后给他五位叔叔,但他从未见过父亲。他只好当父亲死了,从来不问父亲的事。至于叔叔(他们的国籍各不相同,其中三人是外交官),他们与他没有任何血缘关系，只是美丽的万达喜欢编造罢了。拉夫卡迪奥刚满十九岁。他于一八七四年出生于布加勒斯特，恰恰是巴拉利乌尔伯爵在那里任职的第二年末尾。

朱利于斯的神秘来访使他警惕，他怎能认为这仅仅是偶然的巧合呢？他尽力去读"朱斯特-阿热诺"条目，但是文字在他眼前旋转，不过至少他明白朱利于斯的父亲巴拉利乌尔伯爵是重要人物。

一种放肆的快乐在他心中爆发开来，喧嚣至极，他以为声音传到了体外！可是没有！肉体这件衣服很结实，无法渗透。他偷偷瞧瞧他周围的人，他们是阅览室的常客，全神贯注于自己愚蠢的工作。他计算了一下："伯爵生于一八二一年，该有七十二岁了。Ma chi sa se vive ancore?①……"他放回词典，走了出来。

微风相当强劲地吹赶几片浮云，蓝天显露了出来。"Importa di domesticare questo nuovo proposito"②，拉夫卡迪奥想道，他最看重的是自由支配自己。此刻他无法控制纷乱的思想，便决定暂时将它逐出大脑。他从口袋里掏出朱利于斯的小说，费很大力气想用来解闷，然而这本书既不曲折又不神秘，无法使他散心。

"明天我得去'这玩意儿'的作者那里扮作秘书哩！"他不由自主地一再想道。

---

① 意大利文，他还活着吗？
② 意大利文，最重要的是控制这个新念头。

他在报亭买了一份报,走进卢森堡公园。椅子都被雨水浇过。他翻开书,垫着坐了下来,打开报纸看社会新闻栏。他的眼光立刻落到几行字上,仿佛他早知道它们在这里:

众所周知,朱斯特-阿热诺·德·巴拉利乌尔伯爵的健康近来令人十分担心,目前似乎有所好转,不过仍不稳定,他只能接待几位知己。

拉夫卡迪奥从椅子上跳了起来,刹那间便做出了决定。他丢下小说,朝美第奇街一家文具店跑去,他记得那个店的橱窗上写着"名片 立即可取 三法郎一百张"。他一面走一面微笑,他急剧的大胆想法使他感到有趣,因为他正欲寻找冒险。

"给我印一百张名片要多少时间?"他问那位商人。

"天黑以前可以取。"

"我付双倍钱,两点钟取。"

商人假装看看订货本。

"为了照顾您……好吧,您可以两点钟来取。什么姓名?"

于是,他在对方递来的纸上写上:

拉夫卡迪奥·德·巴拉利乌尔

他既不发抖，也不脸红，只是心跳稍快。

"这个无赖把我不当回事。"他离去时生气地这样想，因为商人没有对他点头哈腰。接着，他从橱窗玻璃前走过时，又想："得承认我不大像巴拉利乌尔家的人，从现在开始，我要赶快装得更像。"

时间还不到中午。拉夫卡迪奥心中充满了异想天开的狂热，还没有食欲。

"首先再走走吧，不然我就飞起来了。"他想到，"我得走马路中央，要是走近行人的话，他们就会发现我比他们高得多。又是一个要隐藏的优势。学无止境呀。"

他走进一个邮局。

"马勒塞布广场……这是待会儿的事！"他在电话簿上查出朱斯特-阿热诺伯爵的地址时这样想到，"可谁能阻止我今天上午一直去到韦尔讷伊街侦察一番呢？（这是朱利于斯名片上的地址）"

拉夫卡迪奥熟悉并且喜欢这个街区。他离开热闹街道，从安静的瓦诺街绕道走，在这里他可以自在地表示出青春的欢乐。在巴比伦街拐弯时，他看见人们在跑，一大群人聚集在乌迪诺巷附近的一座三层楼房前，房子冒出灰黑的烟。他强迫自己别迈大步，虽然他步履矫健……

拉夫卡迪奥，我的朋友，别介入社会新闻，否则我的笔会抛弃你。别期望我会报道人群无头无尾的谈话，呼叫声……

拉夫卡迪奥像鳗鱼一样穿过这群乌合之众，钻到了最前面。一位可怜的女人正跪在地上哭泣。

"我的孩子啊！幼小的孩子啊！"她说。

一位少女扶着她，少女的衣着简单而高雅，说明她并非那女人的亲戚。她十分苍白但很美丽，拉夫卡迪奥立刻被她吸引住了，向她询问。

"不，先生，我不认识她。我只知道三楼上的房间里有两个幼小的孩子，火马上就烧上去了。火已经烧着了楼梯。有人通知了消防队，可是，不等他们赶到这里，孩子早被烟呛死了……您说说，先生，不能顺这堵墙爬到阳台上去吗，您瞧瞧，可以攀住这条细的下水管。这些人说，曾经有小偷从这里爬上去。他们为了偷东西而这样做，这里就没有谁敢为了救孩子而这样做吗？我答应给这袋奖金，但是没有用。啊！我怎么不是个男人呢！……"

拉夫卡迪奥没有往下听。他将拐杖和帽子放在少女脚前，冲向房子。他不用任何人帮忙就抓住了墙头，引体向上，站住了脚，现在他直立在墙头，避开在多处竖立的碎片往前走。

人群的惊讶有增无减，只见他抓住笔直的水管，靠臂力使身体上升，脚尖偶尔踩在这里那里的螺钉上作为支撑。现在他摸着了阳台，用一只手抓住栏杆。人群在赞赏，不再发抖，因为他的确轻巧自如。他用肩头一撞，玻璃窗被打得粉碎，他消失在房间里……这是等待和难以描述的焦虑时刻……接着他又出现了，怀里抱着一个啼哭的小男孩。他撕开了一条床单，将两幅布的头接起来，好似一条绳子，他将孩子绑起来，往下放，直放到发狂的母亲的怀中。第二个孩子也是同样的命运……

等拉夫卡迪奥也下来时，人群把他当英雄一样欢呼。

"他们把我当小丑了。"他想道，因自己脸红而恼怒，并且粗鲁无礼地拒绝了群众的欢呼。他重新走近少女，她递给他拐杖和帽子，还带几分困窘地递来她允诺的那袋奖金，他微笑地接过来，将袋里的六十法郎倒出来，给了那位正在狂吻儿子的可怜的母亲。

"您允许我留下这个钱袋作为纪念吗，小姐？"

这是一个绣花的小钱袋，他吻了一下。两人相视片刻。少女似乎很激动，面色更苍白，想说什么。然而，拉夫卡迪奥突然跑开了，挥着拐杖穿过人群，他那皱眉的神气使人们几乎立刻停止了欢呼，也不再追随他。

他又去到卢森堡公园，然后，在奥德翁剧院旁边的冈布里努斯餐馆马马虎虎吃过饭又迅速回到自己的住所。在地板的一根板条下藏着他的钱。他搜出了三枚二十法郎和一枚十法郎的钱币，计算起来：

名片：六法郎

一副手套：五法郎

一条领带：五法郎（用这个价钱我能买到什么合适的？）

一双鞋：三十五法郎（我不要求耐用的）

还剩下十九法郎以应付意外开销。

（拉夫卡迪奥讨厌欠债，总是付现金。）

他走到衣橱前，取出一套深色的柔软啥味呢衣服，做工精细，一点不旧。

"可惜我长大了……"他心里想，回忆起那个不太遥远的辉煌时期，那时，他最后一位叔叔德·热弗尔侯爵常领着潇洒自如的他去供应商那里。

衣着不当令拉夫卡迪奥反感，正如谎言令加尔文教派反感一样。

"先得顾最紧急的东西。德·热弗尔叔叔说过看人先看鞋。"

为了要试鞋，他首先换了一双袜子。

五

五年以来，朱斯特-阿热诺·德·巴拉利乌尔伯爵没有离开过他在马勒塞布广场的豪华住宅。他准备就死在那里，常常在装满收藏品的厅室里一面沉思一面漫步，或者，更经常的是关在卧室里，让疼痛的肩头和手臂享受热毛巾和镇静敷料的恩惠。他那漂亮的头上缠着一个马德拉葡萄酒颜色的大围巾，像块包头布，围巾的一端垂着，与衣领的花边和浅栗色厚毛料长背心贴在一起，背心上散布着如瀑布泻下的银须。他脚上穿着白皮拖鞋，踏在热水垫子上。他那失血的两只手轮流插进滚烫的沙子里，沙子下面有一盏不灭的酒精灯。他膝上搭着一条灰色披巾。当然他与朱利于斯很相似，但他更像提香的某位画中人。朱利于斯只是他的相貌的索然无味的复制品，正如《顶峰的空气》只是对他生平的毫无意义的、淡化的写照。

朱斯特-阿热诺·德·巴拉利乌尔正在喝药茶，一面听他的忏悔师阿夫里尔神甫讲道，他养成了常常求教于神甫的习惯。正在此时，有人敲门，忠实的埃克托尔用漆托盘送来一个封上的小信封。二十年来，埃克托尔既是跟班，又是看护，必要时还当参谋。

"这位先生希望伯爵先生能够接见他。"

朱斯特-阿热诺放下杯子，拆开信封，抽出拉夫卡迪奥的名片，神经质地将它在手中揉皱：

"真胡闹……"接着，他克制了自己，"一位先生？你是说一位年轻人？什么类型的人？"

"先生可以接见的那种人。"

"亲爱的神甫，"伯爵朝阿夫里尔神甫转过身去说道，"请原谅，我不得不请您就谈到这里，但您明天一定要来，我会有些新事要告诉您，我想您会满意的。"

他仍然用手托着前额，神甫从客厅门退出。接着，他又抬起头说：

"让他进来。"

拉夫卡迪奥带着阳刚之气，昂头走进了房间，来到老人面前，严肃地鞠了一躬。他早拿定主意要数到十二才开口，因此最初说话的是伯爵。

"首先您得知道，先生，不存在拉夫卡迪奥·德·巴拉利乌尔，"他一面撕名片一面说，"请您告诉拉夫卡迪奥·卢基先生，既然他是您的朋友，告诉他如果他竟敢玩这种名片游戏，如果他不像我这样把名片都撕了（他将名片撕成碎片，扔进空杯里），那我立即通知警察，将他当做一般的贼抓起来。您明白了吗？现在您走到亮处，让我看看您。"

"拉夫卡迪奥·卢基会服从您的,先生(他那恭敬的声音稍稍颤抖)。请原谅他采取了这种办法来见您,他心中并无任何不诚实的意图。他想使您相信他值得……至少值得您的尊重。"

"您身材不错,不过衣服对您不大合适。"伯爵又说,他不愿听见对方的话。

"我没有弄错吧?"拉夫卡迪奥大胆地笑着说,他殷勤地让对方仔细端详。

"感谢天主!他真像他母亲。"老巴拉利乌尔喃喃说。

拉夫卡迪奥不慌不忙,然后,一面死盯着伯爵,一面用几乎低沉的声音说:

"如果我不过于出头露面,难道完全不许我也像……"

"我说的是外貌。即使你不是只像母亲,天主也不会让我有时间来承认这一点的。"

这时,灰披巾从他的膝头滑到地上。

拉夫卡迪奥奔了过去,当他弯腰时,感到老人的手轻轻搭在自己肩上。

当他站起来时,朱斯特-阿热诺接着说:

"拉夫卡迪奥·卢基,我的时日不多了。我不会和你耍手腕,那对我太累。我承认你不傻,我也高兴你长得不丑。你刚才的冒险表明你有点爱顶撞,这对你倒并非不合适。我最初以为这是无耻,但是你的声音和仪表使我放了心。至于其他的事,我已经请我儿子朱利于斯打听了告诉我,不过我发觉我对这也不十分感兴趣,不如我见你一面重要。现在,拉夫卡迪奥,听我说:没有任何户籍证,没有任何文件能证明你的身份。我很注意地没给你留下任何凭据。不,别表示你的情感,这没用,别打断我。你至今保持沉默,这就证明你母亲遵守了她的诺言:不向你提起我。这很好。我也对她作过保证,你会看到我的感激之情所产生的效果。尽管法律上有种种困难,我会通过儿子朱利于斯给你一份遗产,我曾对你母亲说过那是留给你的。这就是说,在法律许可的范围内,我给儿子朱利于斯的遗产多于另一个孩子居伊·德·圣普里伯爵夫人,多的那部分正好是我想让他转给你的。这笔遗产高达……我想,大概四万法郎的年金吧。我一会儿就见公证人,和他研究这个数目……如果你想更舒服地听我讲,那就坐下来。(拉夫卡迪奥刚刚倚在桌沿上。)朱利于斯可能反对这样做,法律对他有利,但我信赖他的诚实,他不会有任何举动的;我也信赖你的诚实,你不会骚扰朱利于斯的家庭,就像你母亲从未骚扰我的家庭一样。对朱利于斯和他的家庭来说,存在的只是拉夫卡迪奥·卢基。我不愿你为我戴孝。孩子,家庭是一个封闭的大东西,你永远只是私生子。"

拉夫卡迪奥并未坐下,虽然父亲见他摇晃叫他坐下。他已经克服了眩晕,倚靠在放着茶杯和炉子的桌子边沿,姿势毕恭毕敬。

"你现在告诉我,你今早见到了我儿子朱利于斯?他对你说……"

"正好他什么也没有说,是我猜的。"

"真是笨……啊!我是指他……你还要和他见面吗?"

"他请我当秘书。"

"你同意了?"

"您不高兴吗?"

"……不是,但我想你们最好别……相认。"

"我也是这样想的。不过,我想稍稍认识他,倒不是与他相认。"

"我想你无意长期担任这种下级职务吧?"

"只是赢得考虑的时间罢了。"

"那以后呢,你现在富有了,打算做什么?"

"啊,先生,昨天我还几乎没有饭吃,让我有时间体验体验饥饿吧。"

这时,埃克托尔敲门:

"子爵先生请求见先生。我该让他进来吗?"

老人沉下脸来,一声不响地待了片刻,拉夫卡迪奥知趣地站起身来,样子像要告辞。

"你别走!"朱斯特-阿热诺叫了起来,激烈的声音赢得了年轻人的心,接着他转向埃克托尔说:

"啊!活该!我一再嘱咐他别来看我……对他说我有事……我会给他写信。"

埃克托尔鞠躬,出去了。

老伯爵闭目待了一刻,仿佛睡着了,但是,通过他的胡须,可以看见他的嘴唇在嚅动。终于他抬起眼皮,向拉夫卡迪奥伸出手,用一种完全改变的、既轻柔又仿佛疲劳的声音说:

"摸摸手,孩子。你现在该走了。"

"我得向您承认,"拉夫卡迪奥犹豫不决地说,"为了体面地来见您,我用光了最后的积蓄。如果您不帮帮我,我不知道今晚怎么吃饭,明天又怎样……除非您的儿子……"

"你拿着这个。"伯爵从抽屉里取出五百法郎说,"怎么!你还等什么?"

"我还想问您……我有没有希望再见到您?"

"我承认我会乐于见到你,真的!可是负责我灵魂得救的那些可尊敬的人使我将乐趣放到第二位。至于我的祝福,我现在立刻就给你。"于是老人张开双臂欢迎他。拉夫卡迪奥没有投入伯爵怀中,而是在他面前虔诚地跪下,头埋在伯爵膝间呜咽起来,拥抱使他柔情满怀,他感到坚决而粗暴的心融化了。

"我的孩子,我的孩子。"老人结结巴巴地说,"我见到你太迟了。"

拉夫卡迪奥站起身时,泪流满面。

他要走时,将没有立刻拿过来的钞票装进衣袋,又摸到了那些名片,将它们递给伯爵:

"给您,这是全部名片。"

"我信得过你,你自己撕掉吧。再见!"

"他本可以当最好的叔叔,"拉夫卡迪奥回到拉丁区时这样想,"甚至还多点什么,啊!"他带着几分伤感又想道。他拿出那包名片,展开成扇形,毫不费劲地一下就撕掉了。

"我从来就信不过阴沟。"他咕噜说,将"拉夫卡迪奥"扔进一个阴沟洞,再走过两个阴沟洞,才将"德·巴拉利乌尔"扔掉。

"巴拉利乌尔还是卢基,这没关系,对过去就算了结了。"

他认识圣米歇尔大街上的一家首饰店,每天经过时卡萝拉总是强迫他在那里停一停。前两天她在傲慢的橱窗里见过一副奇特的袖扣。袖扣是成环形的四只猫头,两两用金钩相连,由一种少见的石英做成,其实这是雪纹状玛瑙,貌似透明,但穿过它什么也看不见。我前面说过,韦尼特加穿着人称套头女服的男式上装,戴袖扣。由于她喜欢古怪的东西,她便迷上了这副袖扣。

它们离奇古怪,并不好玩。拉夫卡迪奥觉得奇丑无比。要是情妇戴上它,他会生气的,不过,既然他要离开她……他走进这家铺子,花了一百二十法郎买下袖扣。

"请给我一点纸。"他俯身在柜台上,在商人递来的纸上写道:

致卡萝拉·韦尼特加

感谢你将陌生人引进我的房间,并请你不再光临。

他将纸折好,塞进商人包装首饰的盒里。
"可别仓促行事,"他正要将盒子交给看门人时想到,"今晚还住在这里,不给卡萝拉小姐开门就行了。"

六

朱利于斯·德·巴拉利乌尔所遵循的是一种临时道德观的延续规范，笛卡儿在确立生活和花费的原则以前，所遵循的也是同一种道德观，但是朱利于斯的气质没有那么坚决，思想没有那么大的权威，所以，至今为止，适应礼仪并未使他感到十分拘谨。总之，他只要求舒适，其中包括作为文人的成功。他的新作未受到好评，他头一次感到自尊心受损。

父亲不肯接见他，他感到大受侮辱，要是他知道谁在他以前见到老人，那他会更气恼。他回到韦尔讷伊街时，愈来愈无力地想推翻那个鲁莽的猜测，当他去拉夫卡迪奥家时，那个猜测就使他心烦。他也将事件与日期作比较，他也不认为这种奇怪的情况仅仅是偶合。此外，拉夫卡迪奥的青春风韵吸引了他，他猜想父亲会为了这个私生子而使他失去一小部分遗产，虽然如此，他对拉夫卡迪奥毫无恶意，今早他甚至带着相当温柔和殷勤的好奇心等他来。

至于拉夫卡迪奥，尽管他性格多疑，迟疑不决，但这个难得的讲知心话机会吸引着他，何况他很高兴能使朱利于斯稍稍不舒服，因为即使和普罗托斯在一起，他也从未全讲知心话。自那以后他又走了多少路！朱利于斯看上去像傀儡，但毕竟不惹他讨厌；他知道自己是朱利于斯的弟弟，觉得很好笑。

这天上午，也就是他接受朱利于斯来访的第二天上午，他朝朱利于斯的住所走去时，碰上了一件相当古怪的奇遇。他喜欢绕道走，这也许出于他的天性，同时也为了让浮躁的精神和肉体感到疲惫，以便到哥哥家时能控制自己，因此他挑了最长的路。他顺着荣军院大街，再次经过那次火灾的地方，走上贝勒夏斯街。

"韦尔讷伊街三十四号，"他一面走一面叨念着，"四加三等于七，这可是奇数。"

他走进圣多米尼克街，从这条街与圣日耳曼大街相交的街口进去，这时他在马路对面看见并且仿佛立刻认出了从昨天起一直萦绕在他脑际的那位少女。他立刻加快步伐……的确是她。他在短短的维莱塞克塞尔街的尾端赶上了她，但他认为走近她有损于巴拉利乌尔家族的风度，于是只谨慎地抬抬帽子，稍稍点头微笑，接着他迅速超过，自以为巧妙地钻进一家烟店，这时少女又走在前面，拐进了大学街。

拉夫卡迪奥从烟店出来，也走上大学街，向左右张望，已看不见少女了。"拉夫卡迪奥，我的朋友，你现在太俗了，如果你要恋爱，可别指望我的笔来描述你慌乱的心……不，追逐那位少女会有失礼貌。"他不愿意拜访朱利于斯时迟到，他刚才绕的这个圈子使他没有时间闲逛了。幸好韦尔讷伊街就在近处。朱利于斯住的房子是街口第一家。拉夫卡迪奥大声对看门人说伯爵的名字，奔向楼梯。

热纳维埃芙·德·巴拉利乌尔——这就是她，朱利于斯伯爵的长女，她正从每早必去的儿童医院回来——因再次遇见拉夫卡迪奥而慌乱不已，急急回到父亲的住所。她走进通车辆的大门时，拉夫卡迪奥正好拐过街口，她上到三楼时听见身后有急促的跳跃声，她转过头来。有人上得比她还快，她闪到一旁让路，突然认出了拉夫卡迪奥，拉夫卡迪奥站住了，在她面前目瞪口呆。

"先生，您追逐我合适吗？"她用最气愤的声音说。

"唉！小姐，您把我想成什么人了？"拉夫卡迪奥大声说，"我对您说我没有看见您走进这所房子，我也十分奇怪在这里遇见您，您不会相信吧。朱利于斯·德·巴拉利乌尔伯爵不是住在这里吗？"

"怎么！"热纳维埃芙红着脸说，"您就是父亲等待的那位新秘书？拉夫卡迪奥·卢……您的名字真古怪，我不知怎样发音。"她看见拉夫卡迪奥也脸红了，便低头说，"既然我在这里又见到您，先生，我能请您帮忙，别对我父母提起昨天那件事吗？我想他们会不以为然的，也别提钱包，我对他们说是丢了。"

"小姐，我也恳求您别提您见我扮演的那个荒唐角色。我和您父母一样，我不明白这件事，也决不赞成。您准是把我当做热心肠的人。我没能克制自己……请原谅。我还需要学习……我会学习的，我担保……您能给我手吗？"

热纳维埃芙·德·巴拉利乌尔没有向自己承认她觉得拉夫卡迪奥很英俊，也不向拉夫卡迪奥承认他一点不可笑，而是她眼中的英雄。她伸出手，他将它狂热地举到唇边，然后，她满脸微笑地请他下几级楼梯，等她进去关上门后他再按门铃，免得别人看见他们在一起，在这以后，千万别表示他们曾经相遇。

几分钟后，拉夫卡迪奥被引进小说家的书房。

朱利于斯的欢迎很动人，他不知该如何接待；而对方立刻自卫说：

"先生，我得首先提醒您，我最厌恶感恩、欠债了，不管您为我做什么，您不能让我感到您是恩人。"

朱利于斯也进行反驳：

"我并不想收买您，卢基先生，"他已经开始用高傲的口吻……然而两人都看到自己在断绝后路，立刻刹车，出现了片刻的沉默。

"您想提供给我的是什么工作？"拉夫卡迪奥用更灵活的口吻说。

朱利于斯避而不答，借口说作品还没有写好，不过在这以前更广泛地相互了解也不是坏事。

"您得承认，先生，"拉夫卡迪奥诙谐地说，"您昨天没有等我到场就进行了广泛了解,您还特别垂青于一个小本……?"

朱利于斯不知所措,有点狼狈地说:

"我承认我做过,"接着又用尊严的口气说,"我表示道歉。如果事情重来一遍,我是不会再那么做的。"

"没法再做,我把小本烧掉了。"

朱利于斯脸上露出懊恼神色:

"您很生气吧?"

"要是还生气,我就不会提起这件事了。原谅我刚才进来时说话的口气。"拉夫卡迪奥决意要讽刺他,接着说,"不过,我想知道您是否也看了小本子里夹着的一封短信?"

朱利于斯根本没有看那封短信,理由就是他根本没见到信,但他借这个机会声明自己尊重他人隐私。拉夫卡迪奥在捉弄他,而且让对方看出是捉弄,以此取乐。

"昨天我已经对您的新书稍稍进行了报复。"

"它不可能使您感兴趣。"朱利于斯赶紧说。

"啊!我没有全看完。我得向您承认我对阅读没有多大兴趣。说真的,我喜欢的只有《鲁滨孙漂流记》……不,还有《阿拉丁神灯》……在您眼里,我是不配看书的人。"

朱利于斯慢慢举起手来:

"我只是替您惋惜,您失去许多乐趣。"

"我有别的乐趣。"

"它们也许没有这样高尚。"

"那当然！"拉夫卡迪奥相当放肆地笑着。

"有一天您会为此痛苦的。"朱利于斯又说，玩笑使他有几分兴奋。

"那时就太晚了。"拉夫卡迪奥用教训的口吻接着说完。然后，他突然话锋一转，"您觉得写书很好玩吗？"

朱利于斯挺直了腰。

"我写作不是为了好玩，"他高贵地说，"我写作时感到的乐趣要高于我生活的乐趣，再说，这两者并不相互排斥……"

"是这么说的。"对方突然提高了仿佛漫不经心地降低的声调，"您知道是什么破坏了写作吗？是对它的改正、画杠和涂改。"

"那么您认为在生活中人们也不改正错误吗？"朱利于斯激动地问。

"您没懂我的意思。在生活中，据说，人们改正错误，变得更好。但已做过的事是无法改正的。正是这种改正权使写作变得如此灰暗，如此……（他没有说完）是的，我觉得这正是生活中美丽的地方：必须就地作画，不容许修改。"

"您生活中有该修改的东西吗？"

"没有……还不太多……谁也不能……"拉夫卡迪奥沉默片刻，接着说，"不过我把小本子扔进火里也是出于修改的愿望！……太晚了，您明白……不过您得承认您并不太懂。"

不，朱利于斯决不会承认这一点。

"我能向您提几个问题吗？"他以提问作为回答。

拉夫卡迪奥猛然起身，朱利于斯以为他要逃走，但他只是走到窗前，掀起平纹薄窗帘说：

"这花园是您的吗？"

"不是。"朱利于斯说。

"先生，至今为止，我没有让任何人窥伺我的生活，哪怕是一点点。"拉夫卡迪奥背对着朱利于斯说。接着他又转过身来，此刻他在朱利于斯眼中不再只是一个孩子。他接着说："不过今天是节日，我要给自己放假，这是我平生唯一的一次。您提问吧，我保证回答一切……啊！我先得告诉您，昨天给您开门的姑娘，我把她赶走了。"

出于礼貌，朱利于斯露出懊丧的神气。

"是因为我！请您相信……"

"嗯！最近以来我就想摆脱她。"

"您……和她一起生活？"朱利于斯笨拙地问。

"是的，出于卫生的考虑……但尽量少，而且是为了纪念一位朋友，他曾是她的情人。"

"大概是普罗托斯吧？"朱利于斯大着胆子说。他决心咽下对拉夫卡迪奥的气愤、厌恶和谴责，在这头一天只流露出适度的惊讶以稍稍刺激对方来回答。

"对，是普罗托斯。"拉夫卡迪奥大笑着回答，"您想知道谁是普罗托斯吗？"

"稍稍了解您的朋友也许能帮助我了解您。"

"他是意大利人,名字叫……我确实不记得了,这没有关系!有一天他突然拿到了法文译希腊文第一名,从那时起,同学们,甚至老师们都用这个绰号①称呼他。"

"我记得自己从来没有得过第一,"朱利于斯说,以鼓励对方的知心话,"不过我也总喜欢和第一名交往。那么,普罗托斯……"

"啊,这是在他打赌以后。在这以前,他一直是班上最后几名,虽然他属于年龄大的。我属于年龄最小的,但功课也并不好。普罗托斯很瞧不起老师教的东西,有一天他讨厌的一位翻译高材生对他说:对自己干不了的事表示鄙视,这倒简单(或者是类似的话)。普罗托斯生气了,坚持了两个星期,在接下来的考试中超过了那个人,得了头一名!我们大家,我应该说他们大家都惊呆了。至于我呢,我十分尊重他,因此并不十分吃惊。他对我说过:我要让他们看看这并不难!我相信他的话。"

"我要是没有误解,普罗托斯对您很有影响。"

"也许吧。我尊重他。说真的,我与他仅有过一次亲切的谈话,但它对我很有说服力,第二天我就从寄宿学校逃走了,在那里我像被瓦片压住的生菜一样脸色发白。我徒步走到巴登,我母亲由叔叔热弗尔侯爵陪着正住在那里……不过

---

① 这个绰号令人想起希腊神话中的普罗透斯,即变化无穷的海中老人。

我这是从结尾说起了。我预感到您不善于向我提问。这样吧，干脆让我向您讲述我这一生。您会知道得更多，比您提问，也许甚至比您希望知道的还多得多……不，谢谢，我喜欢抽自己的烟。"他一面说，一面掏出烟盒，扔掉朱利于斯最初敬他的那支烟，他在说话时已经让它熄灭了。

七

"我于一八七四年出生在布加勒斯特,"他慢慢地开始讲,"出生后不久就失去了父亲,我想这您知道。我看见站在母亲旁边的第一个人是位德国人,叔叔赫尔登布鲁克男爵。我十二岁时失去了他,所以关于他的记忆相当模糊。据说他是位卓越的金融家。他教我德语,还有算术,方法很巧妙,所以我立刻觉得非常有趣。他称我是他的出纳员,这是为了使我高兴,他把一大堆小票零钱交给我,我和他一起出去都由我付钱。不管他买什么(他买很多东西),他要我在从口袋里掏钱币或钞票以前就算好账。有时他用外币来难我,那是汇率问题,然后又是贴现、利息、贷款问题,最后甚至是投机问题。很快我对这一行相当熟练,不用纸笔就能算好几位数的乘法甚至除法。您放心(因为他看见朱利于斯在皱眉头),这并没有使我喜欢钱和算术,因此我从来不记账,您会觉得有趣吧。老实说,最初的这种教育很实用,是讲究实效的,它没有消耗我的精力……再说,赫尔登布鲁克精通儿童卫生,他说服我母亲,不管是什么天气,我都光着头和脚,而且尽可能地去露天里。不论冬夏,他都亲自将我泡到凉水里,我很喜欢……但这些细节对您没什么意思。"

"哪里,哪里。"

"后来他为了生意去了美洲,此后我没有再见到他。

"在布加勒斯特,我母亲的沙龙向最上流的社会开放,就我记忆所及,那也是最混杂的社会,当时与我们来往最密的是叔叔弗拉迪米尔·比埃科夫斯基亲王和阿尔登戈·巴尔迪,不知为什么我从来不叫巴尔迪叔叔。俄罗斯(我刚才想说波兰)和意大利的利益使他们在布加勒斯特待了三四年。他们都教我学习他们各自的语言,也就是意大利语和波兰语,至于俄语,我能读能听,问题不大,但从来就说得不流利。由于母亲接待的、对我宠爱有加的那个阶层,我每天都有机会说四五种语言,因此,到了十三岁,我已经不带口音,几乎随意地说了。但我最喜欢的是法语,因为这是我父亲的语言,而且母亲坚持要我最先学。

"比埃科夫斯基很照顾我,就像所有想讨母亲欢心的人一样,他们追求的仿佛是我,但是我想比埃科夫斯基这样做并非出于私下的盘算,因为他总是听从自己的爱好,这种爱好来得快,而且不止在一个方面。即使母亲不知道,他也照顾我,他向我表示的特殊感情使我很得意。这个怪人很快就将我们稍稍停滞的生活变成了狂热的节日。不,说他完全听从自己的爱好还不够,他扑进去,冲进去,将狂热带进乐趣。

梵蒂冈地窖

"有三个夏天他带我们去一座别墅或者说一座古堡,它坐落在喀尔巴阡山靠匈牙利一侧的山麓,离埃佩耶很近,我们常常乘车去埃佩耶。但我们更经常骑马,母亲最高兴的是骑马去周围十分美丽的田野森林里闲逛。弗拉迪米尔送给我的小种马是我在一年多的时间里最最喜爱的东西。

"阿尔登戈·巴尔迪来和我们一同过第二个夏天,他教我下棋。赫尔登布鲁克教会了我心算,我十分熟练,很快就习惯于不看棋盘下棋了。

"巴尔迪和比埃科夫斯基相处融洽。晚上,在孤独的塔楼中,四面是花园和森林的一片寂静,我们四人一而再、再而三地玩牌,直到很晚。我虽然还是孩子——当时十三岁——但巴尔迪讨厌'死牌友',教会我打惠斯特牌,教会我弄虚作假。

"他会耍把戏,玩魔术,变戏法,演杂技。他初来时,我的想象力刚从赫尔登布鲁克所规定的漫长的斋戒中苏醒。我渴望奇迹,轻信并充满了温情的好奇心。后来巴尔迪将他的戏法告诉我,我知道了其中的奥秘,但这并不能抹去我对奥秘的第一个印象。第一天晚上,他就不动声色地用小拇指的指甲点香烟,后来,他玩牌输了,便从我的耳朵和鼻子里掏出了那么多卢布,这使我不折不扣地吓呆了,但在场的人却觉得十分有趣,因为他总是不动声色地说:'幸亏这孩子是个挖不尽的金矿!'

"有些晚上,他和母亲和我单独在一起,他总想出些新玩意儿、叫人吃惊的花样或者闹剧。他模仿我们所有熟悉的人的模样，扮鬼脸，完全不像他本人；他模仿各种人声、野兽的叫声、工具的噪声，发出稀奇古怪的声音，弹着单弦小提琴唱歌、跳舞、翻筋斗、倒立走路，从桌椅上方跳过去，还有，脱掉鞋子，像日本人一样用脚耍把戏，用脚趾尖使屏风或沙龙的独脚小圆桌旋转。他用手玩把戏就更妙了，他从揉皱、撕碎的纸中抽出许多白蝴蝶，我追着它们吹气，他让它们悬在半空，扇子扑打不着。因此，他身边的物体失去了重量和实感，甚至不再存在，或者具有了一种料想不到的、古怪的新含义，与功效相距万里。他常说：'只有，很少的东西不能用来变戏法玩。'此外，他很滑稽，我笑得脸色发白，母亲喊道：'停下来，巴尔迪！卡迪奥睡不着觉了。'然而事实是，我的神经很坚强，能承受这种兴奋。

"我从这种教育中得益不浅。几个月后，在好几种戏法上我都可以超过巴尔迪本人，甚至……"

"我看，孩子，你受过精心的教育。"朱利于斯此刻插嘴说。

拉夫卡迪奥大笑起来，小说家那副懊丧的神气使他觉得有趣。

"啊！这一切也就到此为止，您别害怕！是该法比叔叔上场了。当比埃科夫斯基和巴尔迪调任新职时，法比来到母亲身边。"

"法比？我在你小本子第一页上看到的就是他的

名字？"

"是的。法比安·泰勒·格雷文代尔爵士。他带母亲和我去亚得里亚海滨他租的一座别墅，离杜伊诺很近，我在那里变得很强壮。那个海滨形成一个岩石半岛，别墅占据了整个半岛。在那里，我整天像野人一样生活在松树下、岩石间、小湾里，或者在海里游泳和划船。您看见的照片就是那个时期的，我也把它烧了。"

"我觉得，"朱利于斯说，"就当时的情况而言，你可以穿得像样一点。"

"可我没办法，"拉夫卡迪奥笑着说，"法比借口使我晒黑，把我的衣服，就连内衣都锁上了……"

"那令堂呢，她说什么？"

"她觉得很好玩，她说如果客人反感，他们可以走，但这并没有妨碍客人留下来。"

"在这整个期间，你的教育，可怜的孩子！……"

"是的，我学东西很容易，所以在那以前母亲有点忽视我的教育。我很快就十六岁了，母亲仿佛突然发现这一点。我和法比叔叔去阿尔及利亚作了一次美妙的旅行（那大概是我一生最美好的时期），然后我就被送到巴黎托付给一位古板的狱卒，由他负责我的学习。"

"在极端的自由以后，我看这段约束的时期对你可能有点艰难。"

"要是没有普罗托斯，我是绝不可能忍受的。他和我同住一所寄宿学校,据说是为了学法语,但他的法语说得极好,我不知他在学校干什么,我也不知道自己在那里干什么。我无精打采,确切地说,我对普罗托斯并没有友情,但我喜欢和他交往,仿佛他能使我得到解脱。他比我大不了多少,但看起来比他的年龄要大,言谈举止和兴趣爱好没有丝毫的稚气。他愿意的时候,面孔极富表现力,能表现一切感情,但休息时却像个傻瓜。有一天,我就这一点和他开玩笑,他回答说,在这个世界上,绝不能过多地露出自己真正的面孔。

"他必须让自己显得谦卑这才满意。他刻意要人把他当傻瓜。他常说:华而不实,炫耀才能会断送人。但他这话只是对我一个人说。他离群索居,我是学校里他唯一瞧得上的人,但与我也是隔得很远。我要是能让他开口,他便口若悬河,但在大部分时间里他默默无言,仿佛在反复思考什么邪恶的计划,我很想知道。我问他:'您在这里干什么?'(我们谁也不用亲昵的'你'来称呼他)他回答说:'我在准备。'他认为,在生活中善于恰当地对自己说:'这没什么了不起!'这样才能摆脱最困难的处境。我在逃跑时正是这样对自己说的。

"我身上带着十八法郎动身去巴登,每天赶不多的路,随便填填肚子,随处而卧……我抵达时身体几乎垮了,但我毕竟对自己很满意,因为口袋里还有三法郎,当然在路上我又弄到了五六法郎。我在巴登找到了母亲和热弗尔叔叔,他觉得我的逃跑很有趣,并决定将我带回巴黎。他说,巴黎给我留下坏印象,这使他不安。的确,当我和他重返巴黎时,它在我面前显得要好些。

"热弗尔侯爵喜欢疯狂挥霍。这是他持续的需要,一种渴望。他好像在感激我帮他满足这种渴望,而且我的欲望使他欲望倍增。和法比完全相反,他培养我对衣着的鉴赏力。我想我当时穿得不错,我受到他的熏陶。他的高雅完全出乎自然,仿佛是第二天性。我与他相处融洽。我们一同去衬衣店、鞋店、裁缝店消磨上午,他特别重视鞋子,他说,根据鞋子来判断人与根据其他衣着和面孔来判断人是同样的准确,而且更隐秘……他叫我花钱不要记账,也不要事先就担心有没有钱来满足我的幻想、欲望或饥饿。他的原则是应该永远将饥饿摆在最后,因为(我还记得他的话),据他说,欲望或幻想是转瞬即逝的需要,而饥饿会不断重复,等的时间越长就越迫切。最后他告诉我不要因为一个东西贵就多享用它,也不要因为一个东西碰巧很贱就少享用它。

"这时我失去了母亲。一封紧急电报召我回到布加勒斯特,我见到母亲时她已去世。在那里我得知,自侯爵走后母亲债台高筑,财产刚够偿清债务,因此我连一个戈比①、一个芬尼②、一个格罗申③也得不到。葬礼以后,我立

---

① 俄国辅币名。
② 德国辅币名。
③ 奥地利辅币名。

刻回到巴黎，想找热弗尔叔叔，但他突然去了俄罗斯，没有留下地址。

"不用告诉您我那时的许多想法。当然，我还有某些技巧，可以借它摆脱困境，然而我愈需要用它，就愈厌恶用它。幸好，有天夜里我茫然地在人行道上徘徊时，又遇见了您见过的那位卡萝拉·韦尼特加，她曾是普罗托斯的情妇，这次很得体地收容了我。几天以后我得知自己有一笔微薄的生活费，它相当神秘，每月月初去公证人处领取。我不想问钱的来历，所以只去领钱而不问究竟。接着您就来了……我想告诉您的一切，您现在差不多都知道了。"

"您运气好，"朱利于斯郑重地说，"您运气好，拉夫卡迪奥，今天还能领一点钱。没有职业，没受教育，不得不东拼西凑地过日子……像您现在的这种处境，您当时什么都干得出来吧？"

"相反，什么都干不出来。"拉夫卡迪奥严肃地看着朱利于斯说，"我和您说了这么多，我看您还是不了解我。需要是我行动的障碍，我追求的从来就是对我无用的东西。"

"这可不合常理。您认为这能养活人吗？"

"那得看胃口了。您喜欢把不对您胃口的东西称为不合常理……对我来说，我宁可饿死也不碰您那盘逻辑杂烩，您的人物吃的都是这个。"

"您是说……"

"至少您新作里的主人公是这样。您在书里描写的真是您父亲吗？您让他时时处处与您和与他本人保持一致，忠实于他的责任、原则，也就是您的理论……您想我这个人能对此说什么呢！……巴拉利乌尔先生，请承认这个事实：我是一个前后不一致的人。瞧我刚才说了那么多！可就在昨天，我还认为自己是最沉默、最封闭、最孤僻的人。我们很快相识，这很好，这样就不必再相识了。明天或者今晚，我要回到我的秘密中去。"

这番话使小说家哑口无言，他努力想东山再起。

"您首先要承认，无论在心理上还是在生理上，并不存在前后不一致的现象，"他开始说，"您是在成长中，而且……"

敲门声打断了他。没有人进来，于是朱利于斯走了出去。一种混乱的说话声从开着的门口传来，传到拉夫卡迪奥的耳边。接着是一片寂静。拉夫卡迪奥等了十分钟后，准备离去，这时一位穿制服的仆人向他走来：

"伯爵先生请秘书先生自便。伯爵先生刚刚收到老太爷的坏消息，请原谅他不能来和先生告辞。"

根据这些话的语调，拉夫卡迪奥猜想有人刚来告知老伯爵已去世。他控制住自己的激动。

"好吧！"他回到克洛德-贝尔纳巷时想到，"是时候了。It is time to launch the ship.①从此以后不管风从哪里

---

① 英文，船该下水了。

来，刮的都是顺风。既然我不能在老头身边，那就离他更远些吧。"

他经过门房时，将那个小盒交给看门人，从头天晚上起他身上就带着这个盒子。

"今天晚上，韦尼特加小姐回来时，您把这包东西交给她。"他说，"还请您给我结账。"

一小时后，他收拾好箱子，派人去找马车。他离去时没有留下地址，公证人的地址就足够了。

第三篇
阿梅代·弗勒里苏瓦尔

一

朱斯特-阿热诺伯爵的去世突然将朱利于斯的姐姐居伊·德·圣普里伯爵夫人召回巴黎。她长期居住在离波城四公里远的精巧的珀扎克城堡，自寡居以后很少离开，特别是儿女们都已成家立业。这次她刚刚回来就接待了一位古怪的来客。

她每早必亲自驾着运送猎犬的轻便马车出游。这天刚出游回来就听说有位嘉布遣会修士在客厅里等候她一个小时了。陌生人自称是由安德烈红衣主教介绍来的，还有红衣主教的一张名片，由仆人交给伯爵夫人。名片放在信封里，在名片上红衣主教的姓名下面，是他近似女性的纤细笔迹：

> 介绍韦尔蒙塔尔的议事司铎让-普·萨吕教士，请圣普里伯爵夫人多加关照。

就是这两句话，但已经足够了。伯爵夫人乐于接待教会人士，此外，安德烈红衣主教掌握着伯爵夫人的灵魂。她立刻跑进客厅，抱歉说让客人久等。

韦尔蒙塔尔的议事司铎是位美男子，高贵的面孔上洋溢着阳刚之气，但与他迟疑谨慎的举止和语言形成奇怪的反差（如果可以这样说的话），在他年轻鲜艳的面孔旁边是几乎雪白的头发，令人吃惊。

尽管伯爵夫人和蔼可亲，但谈话并不热烈，说的总是客套话：伯爵夫人家中新近的丧事呀，安德烈红衣主教的健康呀，朱利于斯再次未能入选法兰西学院呀。然而教士的声音愈来愈缓慢低沉，脸上的表情也显得悲痛。终于他站起身来，但不是为了告辞：

"伯爵夫人，我代表红衣主教，很想和您谈一个严重的问题。但是在这里说话声音太响，还有那么多的门使我害怕，我怕别人听见我们。"

伯爵夫人最欣赏密谈和装腔作势，便将司铎引到只有从客厅才能进去的窄窄的小客厅里，关上了门。

"我们在这里很安全，"她说，"您可以大胆地说。"

教士没有开口，坐在伯爵夫人对面的一张矮扶手椅上，从口袋里掏出一条围巾，掩住嘴痉挛地抽泣起来。伯爵夫人大惑不解，伸手去近旁的圆桌上摸针线筐，从筐里找出一小瓶嗅盐，犹豫着不敢递给客人，结果下决心自己闻闻。

"请原谅，"教士终于将围巾从充血的脸上拿开说，"我知道您是好天主教徒，伯爵夫人，您会很快理解和同情我的激动的。"

伯爵夫人讨厌抒发感情，她躲在长柄眼镜后面以保持礼貌。教士立刻恢复了镇定，将椅子挪近一点说：

"伯爵夫人，是红衣主教的郑重保证才使我决定来和您谈谈；是的，他保证说您的信仰不同于凡俗的信仰，不是对冷淡的简单掩饰……"

"讲正题吧，教士先生。"

"红衣主教告诉我可以完全相信您能严守秘密，忏悔师的那种严守秘密，可以这样说……"

"可是，教士先生，请原谅，既然红衣主教知道这个秘密，这个如此重大的秘密，他为什么不亲自对我说呢？"

教士仅仅一笑，这足以使伯爵夫人明白问题提得多么不恰当。

"一封信！可是，夫人，在今天，红衣主教的每封信都在邮局里被拆开。"

"他可以托您带信。"

"是的，夫人，可谁知道一封信会引起什么麻烦呢？我们受到严密监视。何况，红衣主教宁可不知道我想对您说什么，宁可与此事无关……啊！夫人，我在这最后时刻失去了勇气，不知道……"

"教士先生，您不了解我，因此不能怪您对我不够信任，"伯爵夫人转过头去，放下长柄眼镜，轻声地说，"我十分尊重别人告诉我的秘密。天知道我从未稍有泄露。但我从来没有请求谁告诉我秘密……"

她轻轻动了一下仿佛要起身,教士向她伸出手臂。

"请原谅我,夫人,托付我这个可怕使命的人认为您是值得接受和保守这个秘密的第一位女士,我说的是第一位女士。老实说,我感到这个秘密对女人的智力来说是太沉重、太复杂了,所以有点害怕。"

"人们对女人的智力才能有很大的错觉。"伯爵夫人几乎冷冷地说。接着她稍稍抬起双手,用一种心不在焉的、顺从的、稍稍入迷的神气来掩饰好奇心,她认为这种神态最适于接受教会的重要秘密。教士又将椅子挪近了。

萨吕教士准备向伯爵夫人讲的秘密,在今天看来,仍显得离奇和不可思议,因此我必须先作广泛的声明才敢在这里讲出来。

有小说,也有历史。谨慎的批评家把小说看做是可能发生过的历史,把历史看做曾经发生过的小说。的确,应该承认小说家的技巧往往使人信以为真,而事实有时则叫人不相信。唉!一旦事实不同寻常,它就受到某些怀疑派的否认。我这本书不是为这些人写的。

天主在尘世的代表居然被人在罗马教廷中绑架,而且是由奎里纳尔宫①执行的行动,可以说是被人从全体基督徒中偷走了——这是一个十分棘手的问题,我不敢冒昧提出来。

---

① 原教皇夏宫,后为意大利王宫(1870—1946),现为意大利总统府。

然而"历史"事实是，一八九三年年底流传着这个谣言。许多虔诚的灵魂显然十分激动。几家报纸胆怯地谈及这件事，后来奉命保持缄默，圣马洛出版的一个小册子谈到这件事①，也被没收。这是因为共济会不愿意如此可恶的罪行被张扬出去，天主教又不敢支持或者不能掩饰立即为此展开的大规模募捐。许多虔诚灵魂大概因此耗尽钱财（当时募集或耗费的钱财估计为五十万），但值得怀疑的是接受这些钱财的是真正的虔诚信徒还是骗子。总之，要顺利进行这次募捐，必须有宗教信念，至少必须大胆、灵巧，有分寸，能言善辩，熟悉人情世故，身体好，只有拉夫卡迪奥从前的朋友普罗托斯这样的家伙才自诩具备这些条件。我老老实实地告知读者：今天假扮韦尔蒙塔尔议事司铎的人正是普罗托斯。

伯爵夫人决心在完全知悉秘密以前不再开口，不再改变态度，甚至不再改变表情，她沉着地听假教士讲。假教士逐渐镇定下来，他站了起来，大步地来回走。为了便于理解，他追述往事，虽然不是从头说起，（共济会与教会之间的矛盾是基本矛盾，它不是始终存在吗？）但至少追述到出现公开敌意的某些事件。他首先请伯爵夫人回忆教皇在一八九二年十二月写的两封信，一封信致意大利人民，另一封信专门致主教们，提醒天主教徒要防范共济会的举动。由于伯爵夫

---

① 《关于解救被囚于梵蒂冈地牢的教皇莱昂十三世一事的报告》（圣马洛，伊·比洛瓦印刷厂，榆树街四号），一八九三年。——原注

人记性不好，他接着又追述到更早的修建乔尔丹诺·布鲁诺①雕像一事，那是由克里斯皮②决定和主持的，而共济会在那以前一直藏在克里斯皮身后。他说克里斯皮因受到教皇的疏远而十分气恼，拒绝和教皇谈判（谈判不就意味着妥协、归顺吗？）。他又讲到那悲剧性的一天：当时两个阵营壁垒分明，共济会终于摘下了假面具。驻罗马教廷的外交使团访问梵蒂冈，以表示对克里斯皮的蔑视和对受到伤害的教皇的尊敬，这时共济会在鲜花广场上打出了旗号，高声欢呼竖立在广场上的挑衅性偶像——著名的亵渎神明者。

"不久以后，在一八八九年六月三十日举行的红衣主教会议上，"他继续说（他始终站着，但现在靠在圆桌上，俯身朝伯爵夫人伸出双臂），"莱昂十三世的强烈愤怒爆发了，全世界都听见了他的抗议，所有的基督徒听见他说要离开罗马都胆战心惊。我说的是离开罗马！……这一切，伯爵夫人，您已经知道了，您为此痛苦，也和我一样记忆犹新。"

他又走了起来。

"克里斯皮终于下台了。教会是否会松一口气呢？一八九二年十二月，教皇写了那两封信。夫人……"

他重新坐下，突然将自己的椅子挪近长沙发，抓住伯爵夫人的手臂说：

---

① 乔尔丹诺·布鲁诺（1548—1600），意大利哲学家，提出宇宙无限论，被宗教裁判所视为异端，以火刑处死。
② 克里斯皮（1819—1901），意大利政治家，曾两度任总理。

"一个月以后教皇就被关起来了。"

伯爵夫人坚持一言不发,司铎放开她的手臂,用较稳重的声音说:

"夫人,我并不想让您同情一位受苦的囚徒,女人看见不幸时,总是立刻激动起来。我是在对您的智力说话,伯爵夫人,我请您考虑,我们这些基督徒没有了精神领袖,多么惶惶不安。"

伯爵夫人苍白的额头上出现了一条轻轻的皱纹。

"没有教皇是多么可怕,夫人。不过这算不了什么,假教皇才更可怕。因为共济会为了掩盖罪行,怎么说呢,为了使教会四分五裂,举手投降,在教皇宝座上安放了奎里纳尔宫的一个走狗,一个傀儡来取代莱昂十三世,这个傀儡是按照受难的教皇造出来的,这是个骗子,但我们还必须假装服从,以避免伤害真教皇,唉,可耻呀!在大赦年,全体基督徒还向他朝拜。"

说到这里,他手中拧着的手绢撕破了。

"假教皇的第一个举动就是那臭名昭著的通谕,给法国的通谕,所有名副其实的法国人的心至今仍在流血。是的,是的,夫人,我知道,当您听见神圣教会否认君主制的神圣事业时,您那伯爵夫人的崇高的心曾多么痛苦。梵蒂冈,我说,居然为共和国鼓掌。唉!放心吧,夫人!您感到惊异是理所当然的。放心吧,伯爵夫人!可您要想想被囚禁的教皇听见这个骗子傀儡声称他是共和派时,他该多么痛苦。"

接着，他身子往后一退，近似抽噎地笑着说：

"您是怎么想的，圣普里伯爵夫人，您是怎么想的，作为那道残酷通谕的后果，教皇竟接见了《小报》的编辑！《小报》，伯爵夫人，啊，呸！莱昂十三世被登在《小报》上！您清楚这是不可能的。您高贵的心已经在喊这是谎言！"

"可是，"伯爵夫人忍受不住，叫了起来，"应该向全世界大声疾呼呀！"

"不，夫人，应该保持沉默！"教士用雷鸣般的声音说，样子很可怕，"首先必须保持沉默，保持沉默以利于行动。"

接着他又突然用忧伤的声音表示道歉：

"您看我和您说话像是男人对男人。"

"您说得对，教士先生。行动，您刚才说，要快，您决定怎么办？"

"啊！我早就知道您具有高贵的男人气概，说做就做，不愧为巴拉利乌尔家族成员。但是，在目前情况下，唉，不合时宜的热情是最可怕的了。关于这个滔天罪行，如果今天有几位信徒知道了，夫人，我们必须保证他们绝不泄露，保证他们完全绝对服从我们适时给他们的指示。背着我们独立行动，就是反对我们。僧侣们的反对可能导致革出教门……其实这也没有什么……除此以外，任何个人行动都会受到我们公开的断然否认。夫人，这是一场十字军运动，是的，然而是隐藏的十字军运动。请原谅我强调这一点，但红衣主教特别要我告知您，因为他不愿知晓这件事，如果跟他讲他甚至也不会明白是怎么回事。红衣主教不愿说他见过我，同样，如果形势使我们发生关系，现在就讲好，您与我，我们从未谈过话。我们的教皇将会识别他真正的仆人。"

伯爵夫人有点失望，怯怯地问道：

"那怎么办？"

"我们在行动，伯爵夫人，我们在行动，您别怕。我甚至授权向您披露一部分作战方案。"

他舒服地坐在椅子上，正对着伯爵夫人，伯爵夫人现在举起双手，手心托着下巴，手肘枕在膝上，上身前倾，待着不动。

他开始讲述教皇不是囚禁在梵蒂冈，而多半是在圣天使城堡，伯爵夫人肯定知道，城堡和梵蒂冈由地道相连，其实要将他从这个囚房里解救出来不会太费事，然而，仆人们虽然心向教会，却对共济会怀有几乎迷信的恐惧。而共济会依靠的正是这一点。教皇被囚禁，这个先例使人们战战兢兢。没有一位仆人答应提供帮助，除非他有钱跑得远远的，到迫害者无计可施的地方去生活。一些守口如瓶的虔诚人士为此目的捐出了巨款。现在只剩下唯一一个障碍，但它比所有其他障碍的总和还棘手，因为这个障碍是位王公，莱昂十三世的监狱长。

"伯爵夫人，您还记得奥匈帝国的王储鲁道夫大公和他年轻的妻子是怎样神秘地死去的吗？当时在他身旁奄奄一息的新婚妻子叫马里亚·瓦捷耶拉，是格拉齐奥利公主的侄女。据说是自杀！旁边的手枪只是为了欺骗公众舆论，真相是他们双双中了毒。马里亚·瓦捷耶拉的大公丈夫的一位表兄，本人也是大公，他疯狂地爱上了马里亚，唉！无法忍受她属于别人……在这个可憎的罪行以后，托斯卡纳女大公玛利·安托瓦妮特的儿子让-萨尔瓦多·德·洛林便离开了亲戚弗朗索瓦-约瑟夫皇帝的宫廷。他在维也纳被揭露，他知道后便去向教皇自首，哀求他，打动他。他得到宽恕。然而，借口让他忏悔，摩纳哥——红衣主教莫纳科·拉瓦莱特——将他关进圣天使城堡，至今已三年了。"

议事司铎说这番话时声调几乎是平缓的。他停了一下，然后诱导地说：

"莫纳科让他当莱昂十三世的监狱长。"

"嗯！什么！红衣主教！"伯爵夫人喊了起来，"红衣主教会是共济会的人？"

"唉！"司铎沉思地说，"共济会大大侵蚀了教会。您想想，伯爵夫人，如果教会善于更好地自卫，这一切都不会发生。共济会之所以能够抓住教皇，正因为是与几个身居高位者串通一气的。"

"这太可怕了！"

"还能对您说什么呢，伯爵夫人？让-萨尔瓦多以为自己是教会的囚徒，其实是共济会的囚徒。他现在同意释放教皇，但我们必须使他也能同时逃走。他只能逃得很远，去一个无法引渡的国家。他要求二十万法郎。"

几秒钟以来，瓦伦丁·德·圣普里已经向后靠，两臂垂了下来，一听这句话，头向后仰，轻轻呻吟一下便昏过去了。议事司铎奔了过来。

"您放心，伯爵夫人，"他拍拍她的手，"这没什么了不起！"他将小瓶嗅盐凑到她鼻子前面，又说，"二十万法郎中，我们已经弄到了十四万。"伯爵夫人睁开一只眼睛，他继续说："莱克图尔公爵夫人只答应了五万，还差六万。"

"我给你们六万。"伯爵夫人喃喃说，声音几乎含糊不清。

"伯爵夫人，教会一直信得过您。"

他站起来，样子十分严肃，几乎是庄严的，等了一会儿说道：

"圣普里伯爵夫人，我完全信任您慷慨的允诺，但请您想想交付这笔钱会遇到莫名其妙的困难，会受到妨碍，甚至办不成；我说，您本人应该忘记给了我这笔钱，我呢，我应该随时否认领过这笔钱，因此我甚至不能给您写收据……我只能谨慎小心地亲手接钱，从您手上接到我手上。我们受人监视。我来古堡可能引起猜测。我们对仆人那么有把握吗？您想想巴拉利乌尔伯爵的竞选失败吧！我绝不能再来。"

他说完后一动不动地站在那里，既不走也不说话，伯爵夫人明白了：

"可是，教士先生，您能想象我这里没有这笔巨款。而且即使……"

教士显出轻微的不耐烦，因此她不敢再说需要一段时间筹钱（她不希望独自掏腰包）。她咕哝说：

"那怎么办？……"

议事司铎的眉头越皱越紧，她又说：

"我楼上有首饰……"

"啊！算了！夫人！首饰是纪念品。您看我是干旧货商的吗？您想我能设法卖高价而引人注意吗？那我会同时连累您和我们的事业的。"

他那深沉的声音难以觉察地变得粗鲁和激烈。伯爵夫人的声音在微微颤抖。

"您等一等，司铎先生，我去看看抽屉里有多少钱。"

……她很快就下来了，手里紧握着一些弄皱的蓝钞票。

"幸好我刚刚收了地租。我这就给您六千五百法郎。"

教士耸耸肩：

"您说这笔钱能做什么用呢？"

而且，他露出藐视和悲伤的神情，高贵地一摆手，将伯爵夫人推开：

"不，夫人，不，我不拿这钱。我只和别的钱一起拿。正直的人要求的是全部。您什么时候能给我全部款子？"

"您给我多少时间？……一星期？……"伯爵夫人问

道，她在考虑募捐。

"圣普里伯爵夫人，难道教会弄错了？一星期！我只说一句话：

教皇在等待。"

接着，他高举双臂：

"怎么！您享受非凡的荣耀，掌握着解救教皇的办法，而您却迟迟不动。您该害怕，夫人，害怕在您需要解脱的那一天，天主也会让您贫乏的灵魂在天堂门口焦急地等待！"

他变得咄咄逼人，十分可怖，接着又突然将念珠上的十字架举到唇边，专注地快速祈祷起来。

"我写信去巴黎得要时间呀。"伯爵夫人不知所措地诉苦说。

"拍电报！叫您的银行家付六万法郎给巴黎地产信贷银行，他会拍电报给波城的地产信贷银行，叫它立即支付您这笔款子。这非常简单。"

"我在波城也有存款。"她鼓起勇气说。

"在银行？"

"正好是地产信贷银行。"

这下他可真生气了。

"啊！夫人，您为什么绕了这个大弯才告诉我？这就是您表示的热忱？我要是拒绝您的帮助呢？……"

接着，他两手交叉地放在背后，在房间里走来走去，仿佛对他能听到的一切都感到不满：

"这不仅仅是不热心（他的舌头轻轻啧了一下以示厌恶），这几乎是两面派。"

"教士先生，求求您……"

教士皱着眉，毫不动摇，又继续走了一会儿。最后说道：

"我知道，您认识布丹教士，今天上午我要和他一同吃饭（他掏出怀表），可我要迟到了。您写张支票给他，他替我取六万法郎，立刻转交给我。您再见到他时，只说这钱是给'赎罪教堂'的。这个人很谨慎，会处世，不会追问的。好了！您还等什么？"

伯爵夫人无精打采地坐在长沙发上，这时抬起身体，艰难地走到小写字台前，打开它，取出一个橄榄绿色的狭长本子，在一页纸上写字，字迹伸得很长。

"请原谅我刚才有点粗鲁，伯爵夫人，"教士声调缓和地说，一面接过她递来的支票，"可这是利害攸关的事啊！"

接着，他把支票塞进内层衣袋：

"感谢您等于是亵渎宗教，对吧？哪怕是以天主的名义；而我只不过是天主手中不十分称职的工具。"

他发出一声短暂的呜咽，用围巾捂着嘴。但他立刻恢复了镇静，倔强地跺了一下脚后跟，很快说了一句外国话。

"您是意大利人？"伯爵夫人问道。

"西班牙人！我真挚的感情暴露了我的身份吧。"

"但不是您的口音。您的法语说得真地道……"

"您太好了,伯爵夫人,请原谅我突然告辞。多亏了我们这个小小的办法,我今晚就能去到纳博讷,大主教正焦急地在那里等我哩。再见吧。"

他双手握住伯爵夫人的两只手,上身后倾,凝神看着她:

"再见,圣普里伯爵夫人,"接着他将手指放在唇上说,"请记住,您一说出去就会使全局失利。"

他刚走出去,伯爵夫人就奔向铃绳。

"阿梅莉,叫皮埃尔在午饭后套好马车,我要出去。啊!等一等……让热尔曼骑上自行车,立刻把我这就给你的便条送给弗勒里苏瓦尔夫人。"

她俯在没有关上的写字台上,写道:

亲爱的夫人:
　　我一会儿来看您。大概在两点钟。我有十分严重的事要告诉您。您设法让我们单独谈谈。

她签上名字,封上信封,将信封递给阿梅莉。

二

阿梅代·弗勒里苏瓦尔夫人娘家姓佩特拉,是韦罗妮克·阿尔芒-迪布瓦和玛格丽特·德·巴拉利乌尔的妹妹,她有个古怪的名字,叫阿尔尼卡[①]。父亲菲利贝尔·佩特拉在第二帝国时期是相当著名的植物学家。由于夫妻不和,他很早就决定为将来的孩子取花的名字。一些朋友认为他为第一个孩子取的韦罗妮克[②]这个名字有点特别。后来他为第二个孩子取名玛格丽特[③],表示他已改变了想法,随大流,随俗套,但他突然又反叛起来,为第三个产品取了一个完全属植物学的名字,以封上那些毁谤者的嘴。

阿尔尼卡出世不久,菲利贝尔的性格变得乖戾,与妻子分开,离开首都,去波城定居。妻子在冬天滞留巴黎,到了初春便去故乡塔布,在那里一所祖传老屋里接待阿尔尼卡的两位姐姐。

韦罗妮克和玛格丽特每年在塔布和波城各住半年。至于小阿尔尼卡,姐姐和母亲都看不上她,她的确有点傻,不漂亮但动人。不论冬夏她都待在父亲身旁。

孩子最大的快乐是和父亲一道去田野里采集植物。但那个怪人常常情绪恶劣，抛下孩子，独自去兜一个大圈，回家时精疲力竭，吃完饭就立刻上床，对女儿既不施舍一个微笑，也不施舍一句话。他诗兴发作时就吹长笛，没完没了地吹同样的曲子。其他时间他用来为花朵绘制精细的画像。

一位绰号叫木樨草的老女仆管做饭，收拾屋子，也管照料孩子，她把自己不多的知识教给孩子。由于这种情况，阿尔尼卡到了十岁才刚识字。对舆论的顾忌终于使菲利贝尔警觉起来，于是阿尔尼卡被送进寡妇塞梅恩夫人的寄宿学校，这所学校向十二个小姑娘和几个很小的男孩灌输基本知识。

阿尔尼卡·佩特拉毫不猜疑，毫无自卫能力，在那以前从未想到自己的名字会引人发笑。她进入寄宿学校那天才猛然发觉这个名字多么可笑。冷嘲热讽如潮水一般使她像海藻一样慢慢弯曲，她的脸时而通红，时而苍白，她哭泣。塞梅恩夫人立刻惩罚全班举止不检，笨拙地将最初并无恶意的哄笑变成了敌意。

她长得很高，瘦弱无力，显得迟钝，晃着胳膊站在小教室中央，这时塞梅恩夫人指着座位说：

"佩特拉小姐，坐到左首第三个位置上去。"于是全教室又不顾告诫地哄笑起来。

---

① Arnica，意为"山金车"。
② Véronique，意为"婆婆纳"（一种植物）。
③ Marguerite，意为"雏菊"。

可怜的阿尔尼卡！她前面的生活像是一条阴暗沉闷的大道，两旁种植着嘲笑和侮辱。幸亏塞梅恩夫人对她的苦恼并非漠不关心，不久以后，姑娘就在这位寡妇那里找到了避难所。

阿尔尼卡课后愿意待在学校里而不愿回家见父亲。塞梅恩夫人有个女儿比阿尔尼卡大七岁，有点驼背，但很殷勤。塞梅恩夫人有意为她找个丈夫，每个星期天晚上款待客人，甚至每年组织两次小型的星期日午后茶会，节目是朗诵和跳舞。她的几位老学生，出于感激，由父母陪同来参加，还有几位既无钱又无前途的少年，由于闲着无聊，也来参加。阿尔尼卡每场必到。她这朵花色彩不鲜艳，不引人注目甚至仿佛不存在，然而，她不可能一直不被人觉察。

十四岁时，阿尔尼卡失去父亲成为孤儿，被塞梅恩夫人收养，比她大得多的姐姐们很少来看她。然而，玛格丽特正是在这样短暂的访问中第一次遇见两年后成为她丈夫的男人：朱利于斯·德·巴拉利乌尔。他当时二十八岁，在祖父罗贝尔·德·巴拉利乌尔家度假。上文说过，在帕尔玛公国被法国兼并以后不久，罗贝尔就来到波城附近定居了。

玛格丽特辉煌的婚姻（其实这些佩特拉小姐们并非毫无财产）使眼花缭乱的阿尔尼卡感到姐姐更为冷淡；她想永远不会有一位伯爵，一位朱利于斯来俯身闻她的芬芳。她羡慕姐姐终于逃出了这个令人不快的姓：佩特拉。玛格丽特这个名字很可爱，和德·巴拉利乌尔配在一起多么悦耳！唉！

阿尔尼卡这个名字，不管和丈夫的什么姓配在一起，难道不是永远可笑的吗？

现实使她气馁，于是她那颗开放而受到损伤的心灵便尝试诗歌。十六岁时，她梳着发卷，发卷垂在苍白面孔的两侧，这种发式被称为"忏悔式"，她那迷惘的蓝眼睛在黑发旁边露出惊讶的神气。她的声音不洪亮也不粗鲁。她读诗而且努力写诗。她认为凡是帮她逃避生活的都是诗。

有两个年轻人经常来参加塞梅恩夫人的聚会，他们仿佛自童年起就结下了亲密的友谊。其中一人并不高，但稍稍驼背，与其说瘦还不如说干瘪，头发不是金黄色而是淡淡的黄色，鼻子傲慢，眼神腼腆，这就是阿梅代·弗勒里苏瓦尔。另一个人又矮又肥，硬硬的黑发一直长到前额上，他有一种古怪的习惯，脑袋总是斜在左肩上，张着嘴，右手向前伸，这便是加斯东·布拉法法斯。阿梅代的父亲是大理石加工商，承办墓碑，还出售葬礼花圈。加斯东的父亲是位大药剂师。

（这事可能显得很奇怪，布拉法法斯这个姓在比利牛斯山梁的村子里是十分普遍的，虽然写起来有时相当不同。笔者曾因考试事宜去到一个叫斯塔……的小镇，见到了一位公证人姓布拉发法斯，一位理发师姓布拉发发兹，一位猪肉商姓布拉法发斯，我询问他们时，他们表示没有任何共同渊源，而且每个人都对其他两种不高雅的写法流露出某种蔑视。不过只有相当小范围的读者才会对这些语文学现象感兴趣。)

让弗勒里苏瓦尔和布拉法斯分开会怎样呢？很难想象。在中学的课间休息时，他们总是在一起。他们不断地被捉弄，所以相互安慰，相互打气、鼓励。别人叫他们"布拉法帮"。对他们每个人来说，这种友谊似乎是唯一的方舟，是无情的生活沙漠中的绿洲。这个人感到快乐时便立刻让另一人分享，或者更确切地说，只有和对方分享快乐时，那快乐才是快乐。

他们的勤奋令人无话可说，但尽管如此，他们的功课平平，而且和任何学科都格格不入，要不是厄多克斯·莱维雄帮他们，这个布拉法帮肯定一直是班上最后两名。莱维雄向他们索取一点钱，帮他们改作业，甚至代替他们做作业。他是本城一位大珠宝商的小儿子。(珠宝商阿尔贝·莱维在二十年前娶了另一珠宝商科昂的独生女，由于生意红火，不久就从穷人区搬到赌场附近居住，并决定将两家的姓合二为一，正如将两家店铺合二为一一样。)

布拉法斯身体强壮，而弗勒里苏瓦尔则体质羸弱。将近青春期时，加斯东的脸上变得模糊，仿佛青春的精力将使他全身长满毛；但是阿梅代敏感的皮肤却反抗、发炎、起疱疹，仿佛推却再三才让毛长出来。布拉法斯的父亲劝他使用净化药，于是每星期一加斯东书包里都装来一小瓶抗坏血病糖浆，偷偷地交给他的朋友。他们还用香膏。

大概正是在这个期间，阿梅代第一次得了感冒；尽管波城气候温和，感冒仍持续了整个冬天，最后使支气管十分脆弱。对加斯东而言，这是重新照料朋友的机会，他让阿梅代吞下大量的甘草汁、枣糊、地衣糊和止咳片，这止咳片是布拉法法斯老爹按照一位老神甫的秘方用桉树汁自制的。阿梅代动不动就患卡他性炎症，因此出门必须围围巾。

阿梅代除了继承父业，没有其他抱负。加斯东虽然外表懒散，却总有新点子。从中学起，他就做一些巧妙的小发明，更准确地说是娱乐性的发明：捕蝇器、弹子秤，为他课桌设计的安全锁，但课桌和他的心一样，并没有装着更多的秘密。他最初应用技巧是随意性的，但这些技巧后来导致更认真的研究，使他全神贯注，第一个研究成果就是"适用于患肺病的吸烟者及其他吸烟者的卫生除烟烟斗"，这项发明长期放在药店橱窗里展览。

阿梅代·弗勒里苏瓦尔和加斯东·布拉法法斯都爱上了阿尔尼卡，这是命中注定的。值得赞美的是，他们立刻相互承认了这初生的爱情，它没有将他们分开，反而使他们更为紧密。当然阿尔尼卡最初并没有使他们中间的任何一个人有充分的理由嫉妒，何况两人中谁也没有求爱，而阿尔尼卡永远也猜不到他们的恋情，虽然在他们作为常客参加的塞梅恩夫人的星期日小晚会上，每当她给他们送糖汁、马鞭草茶或洋甘菊茶时，他们声音发抖。两人晚上回去时，对她的端庄和风度赞不绝口，为她的苍白面容感到不安，变得大胆起来……

他们讲好在同一天晚上，一同向她求爱，然后随她来挑选。阿尔尼卡在爱情上完全是新手，单纯的心感到惊讶，并感谢上苍。她请两位求婚者给她时间考虑。

说实在话，她对他们之中任何一位都无偏好，只是因为他们对她感兴趣她才对他们感兴趣，她在此以前已放弃了使任何人感兴趣的希望。在六个星期里，她越来越困惑，轻轻沉醉在这两位平行的求婚者的赞颂之中。布拉法帮晚上散步时，相互估量取得的进展，直截了当地、久久地讲述"她"赏赐他们的每一句话、目光和微笑，而此时阿尔尼卡躲在房间里在纸片上写字，然后又仔细地放在烛火中烧掉，而且毫不懈息地来回重复：阿尔尼卡·布拉法法斯？……阿尔尼卡·弗勒里苏瓦尔？她无法在这两个残酷的姓中做出选择。

接着，在某天的舞会上，她突然选择了弗勒里苏瓦尔。阿梅代刚才不是将重音放在她名字的倒数第二个音节上，以近似意大利的方式叫她阿尔尼卡吗？（他这样是冒失的，大概也因塞梅恩小姐弹的琴加强了气氛吧），她立刻就觉得阿尔尼卡这个名字，她自己的名字富有一种意想不到的音乐性，也能表达诗意爱情……他们两人单独待在客厅旁边的小接待室里，相互靠得很近，因此当有气无力的阿尔尼卡将因感激而变得沉重的头侧俯下来时，前额碰在阿梅代肩上，于是阿梅代十分严肃地抬起阿尔尼卡的手，吻她的指尖。

回去时，阿梅代将自己的幸福告诉朋友，加斯东一反常态，默不做声。他们经过路灯时，弗勒里苏瓦尔觉得加斯东在流泪。不论阿梅代如何天真,他的确认为他的朋友能在最后这一点上与他分享幸福吗?他十分窘迫、尴尬,将布拉法法斯抱在怀里(街上空无一人),发誓说,不管他的爱情多么深厚,他的友谊更重要得多,他不愿意这种友谊由于他的婚姻而稍有减弱,最后,他不愿意布拉法法斯忍受嫉妒的痛苦,因此以人格担保他永远不使用丈夫的权利。

布拉法法斯和弗勒里苏瓦尔两人的性格都不属于狂热型,但加斯东稍稍多一点男人气概,他默默无言,随阿梅代做出允诺。

阿梅代婚后不久,加斯东为了寻求安慰,全心投入工作,发明了"塑性纸板"。这项发明最初似乎无足轻重,但它的头一个效果就是使莱维雄恢复了对他们两人稍微冷淡的友谊。厄多克斯·莱维雄立即预感到这种新材料能给宗教雕像带来什么好处,于是本着一种非凡的机遇感为它取名为"罗马纸板"①,又成立了布拉法法斯、弗勒里苏瓦尔及莱维雄商行。

商行的注册资本为六万法郎,布拉法帮的两个人在其中只认可一万法郎。莱维雄不愿看到两位朋友为此负债累累,便慷慨地提供余下的五万法郎。在这五万法郎中,四万法郎是弗勒里苏瓦尔从阿尔尼卡的嫁资中提取来借给莱维雄的,

---

① 根据产品目录介绍,"塑性罗马纸板"是新近发明的产品,其特殊的制作法为布拉法法斯、弗勒里苏瓦尔及莱维雄商行的秘密,它可以更好地替代石料纸板、灰墁纸及其他类似品种,这些品种的缺陷已在使用过程中被证明。(不同型号的介绍)——原注

十年还清，累积利率为百分之四点五——这是阿尔尼卡从未期望过的，它使阿尔尼卡这笔小财富避免了这项事业将冒的大风险。布拉法帮这两个人呢，借用他们的关系和巴拉利乌尔的关系来支持商号，也就是说，等罗马纸板的质量得到认可以后，争取教会有影响的众多人士的支持，这些人（除了几批大量订货以外）又劝说许多小教区去找弗、布、莱商行以满足信徒们日益增长的需要，因为日益完善的艺术教育要求更精美的作品，而在此以前祖先们只满足于粗糙的宗教作品。为此目的，几位被教会承认的技术高超的艺术家参加了"罗马纸板"的事业，终于看见自己的作品被美术展览会的评委会接受。莱维雄离开了波城的布拉法帮，定居巴黎，由于他善于周旋，商行很快就取得巨大的发展。

伯爵夫人瓦伦丁·德·圣普里想通过阿尔尼卡使布拉法法斯等人的商号对解救教皇的秘密事业感兴趣，这是再自然不过的了。她深信十分虔诚的弗勒里苏瓦尔夫妇可以还她一部分投资。不幸的是，布拉法帮在成立商号时投资太少，分得的钱也很少，只是公开收入的十二分之二，其他则一个钱也没有。伯爵夫人对此一无所知，因为阿尔尼卡和阿梅代一样，羞于谈钱。

三

"亲爱的夫人!怎么回事?您的信真叫我害怕。"

伯爵夫人在阿尔尼卡端来的扶手椅上沉重地坐了下来。

"啊!弗勒里苏瓦尔夫人……嗯,让我称呼您亲爱的朋友……这件痛心事也与您有关,它使我们相互接近。啊!要是您知道!……"

"您说吧!说吧!别再让我老等了。"

"我要告诉您的这件事也是我刚刚知道的,必须保守秘密。"

"我从来没有泄露过别人告诉我的秘密。"阿尔尼卡悲伤地说,其实迄今为止还没有任何人告诉她秘密。

"您不会相信的。"

"会的!会的!"阿尔尼卡呻吟说。

"啊!"伯爵夫人也呻吟,"好,麻烦您给我一杯水,什么都可以……我感到支持不住了。"

"您要马鞭草茶,还是椴花茶,还是洋甘菊茶?"

"随便什么……还是普通茶吧……我最初也不相信。"

"厨房里有滚开的水,我去去就来。"

伯爵夫人趁阿尔尼卡忙着沏茶时,用好奇的眼光鉴定这间客厅。这里简朴得令她气馁。几把绿色棱纹平布的椅子,一把酱紫色丝绒扶手椅,另一把饰着粗俗绒绣的扶手椅,也就是她坐的那把椅子,一张桌子,一张桃花心木的蜗形脚桌子,壁炉前有一条雪尼尔花线羊毛地毯,在壁炉架上摆着一座放在玻璃罩里的大理石座钟,在它的两侧各有一个相同的雕花大理石瓶子,也是被玻璃罩着。桌子上放着一本家庭相册,蜗形脚桌子上有一个用罗马纸板做的、洞穴中的卢尔德圣母的小型雕像——一切都在劝阻伯爵夫人,她感到失去了勇气。

总之,他们也许是装穷,是守财奴……

阿尔尼卡端着托盘回来了,上面放着茶壶、糖和一只杯子。

"我给您添麻烦了。"

"啊!别客气!……只不过我愿意先做,免得听了以后没有力气。"

"好!是这样的,"阿尔尼卡坐下以后,瓦伦丁开始讲,"教皇……"

"不!别告诉我!别告诉我!"弗勒里苏瓦尔夫人立刻说道,向前伸着手,接着她轻轻呼了一声,闭着眼,向后仰倒。

"可怜的朋友!可怜的朋友!"伯爵夫人一面拍着她的

手腕一面说,"我早就知道您承受不了这个秘密。"

阿尔尼卡终于睁开一只眼睛,悲伤地喃喃说:

"他死了?"

于是瓦伦丁朝她俯下身,凑到耳边说:

"被囚禁了。"

弗勒里苏瓦尔夫人一惊之下,清醒了过来;于是瓦伦丁开始她冗长的叙述,在日期上结结巴巴,在先后顺序上模糊不清,然而事实在那里,确确凿凿,无可争议。人们正在秘密组织十字军以解救教皇,而为了进行顺利,需要许多钱。

"阿梅代会怎么说呢?"阿尔尼卡沮丧地用诉苦的声音说。

他和朋友布拉法法斯散步去了,晚上才回家……

"千万要嘱咐他保守秘密,"瓦伦丁向阿尔尼卡告辞时一再说,"我们吻抱吧,亲爱的朋友,勇敢些!"阿尔尼卡局促不安,将微湿的前额伸向伯爵夫人,"明天我来看看你认为可以做点什么。您征求弗勒里苏尔先生的意见,不过要记住事关教会!……我们说好了,您只告诉您丈夫。您得答应我,一个字也不能泄露,对吧?一个字也不能泄露。"

德·圣普里伯爵夫人走后,阿尔尼卡处于近乎昏厥的抑郁状态。阿梅代散步回来了。

"我的朋友,"她立刻对他说,"我刚刚得知一件十分悲痛的事。可怜的教皇被囚禁了。"

"不可能！"阿梅代说，就仿佛说了一声"呸！"

于是阿尔尼卡抽抽噎噎地哭了起来：

"我早就知道，早就知道你不会相信我的话。"

"瞧你，瞧你，亲爱的……"阿梅代一面反复说一面脱下大衣，他唯恐天气突变，出门必穿大衣，"你想想！要是真有人动了教皇，所有人都会知道的，报纸上也会写的……那是谁囚禁了他呢？"

"瓦伦丁说是共济会。"

阿梅代瞧着阿尔尼卡，心想她是不是疯了。但他还是说：

"共济会！……什么共济会？"

"我怎么知道呢？我答应过瓦伦丁不对别人讲的。"

"谁告诉她这些事？"

"她让我别讲……是位议事司铎，从一位红衣主教那里来，还有红衣主教的名片……"

阿尔尼卡对于公共事务一窍不通，对德·圣普里夫人讲的一切只有模糊的概念。"监禁"、"囚禁"这些字眼使她眼前出现了阴暗的、半浪漫的形象，"十字军"一词使她万分兴奋，而当阿梅代终于动摇，谈到准备出发时，她立刻看见他穿着护胸甲，戴着尖顶头盔，骑马奔驰……他现在在室内大步走着，他说：

"首先，钱，我们没有……而且你认为给钱就够了吗？

你认为我只要拿出几张钞票,就能够睡安稳觉了吗?……亲爱的朋友,如果你说的话都是真的,那这是件骇人听闻的事,我们不能睡大觉。骇人听闻,你懂吗?"

"是的,我的确感觉到,骇人听闻……可你还是给我解释解释……为什么?"

"啊!此时此刻还要给你解释!……"阿梅代太阳穴上冒汗,泄气地举举双臂。

"不!不!"他继续说,"该给出的不是钱,而是自己。我要征求布拉法法斯的意见。我们看看他会怎么说。"

"瓦伦丁·德·圣普里让我答应不对任何人讲这件事。"阿尔尼卡羞怯地鼓起勇气说。

"布拉法法斯可不是随便什么人,而且我们可以嘱咐他严守秘密。"

"你怎么能动身又不让别人知道呢?"

"人们会知道我走,但不知道我去哪里。"接着他朝她转过身来,用感人的声调哀求道,"阿尔尼卡,亲爱的……让我去吧。"

她在抽泣。现在是她要求得到布拉法法斯的支持。阿梅代正要去找他,他却自动来了,按习惯先敲了敲客厅的玻璃窗。

"这可是我平生听到的最离奇的事。"他得知后惊呼起来,"不!说真的,谁想到会有这种事?"突然间,在弗勒里苏瓦尔还没有讲出自己的意图时,他又说:"朋友,我们只

梵蒂冈地窖

能干一件事：出发。"

"你瞧，"阿梅代说，"这是他的第一个念头。"

"可惜，我可怜的父亲身体不好，我走不开。"这是第二个念头。

"话说回来，我一人走更好。"阿梅代说，"要是两个人，我们会引起注意的。"

"可你知道该怎么办吗？"

阿梅代挺直上身，竖起眉毛，那神气表示：我将竭尽全力，你还要怎样呢！

布拉法法斯继续说：

"你知道该找谁？该去哪里？……确切地说你去那里做什么？"

"首先侦察情况。"

"如果这一切都是假的呢？"

"正是因为这个，我不能一直处在怀疑中。"

加斯东立刻嚷道：

"我也不能。"

"我的朋友，再考虑考虑吧！"阿尔尼卡试着劝说道。

"考虑过了。我秘密地走，但我要走。"

"什么时间？你什么都没有准备。"

"今晚就走。我要那么多东西干什么？"

"可你从未旅行过。你不知道怎么旅行。"

"你看吧，小宝贝，我将来向你们讲述这番经历。"他亲切地傻笑一声，喉结在抖动。

"你肯定会感冒的。"

"我围上围巾。"

他不再走动，站住了，用食指尖抬起阿尔尼卡的下巴，就像人们抬起娃娃的下巴逗她笑似的。加斯东持保留态度。阿梅代走近他说：

"我托你去查火车时刻表，你回来告诉我哪趟车去马赛最好，带三等车厢的。是的，是的，我一定要坐三等车厢。然后你给我准备详细的时刻表，标明我该在什么地方换车，还有餐厅，一直到边境为止。那以后我就被抛出去了，我会应付一切的，天主会引导我抵达罗马。你们给我写信，留邮局自取。"

重要的使命使他的头脑危险地过热。加斯东走后他仍然在房间里来回走，咕哝地说：

"这个使命是为我保留的！"他充满了赞美和衷心感激之情，因为他终于有了生活的目的。啊，可怜他吧，夫人，别挽留他！世界上没有多少人能找到自己最合适的用途。

阿尔尼卡争取到的全部结果就是他在她身边再过一夜，何况加斯东在晚上拿来了时刻表，在上面标明清晨八时的那趟车最方便。

这天清晨下着大雨。阿梅代不要阿尔尼卡和加斯东陪他去车站。因此没有人用告别的眼神送这位滑稽可笑的旅客上车。他长着一双西鲱眼,脖子缩在苋红色围巾下面,右手提着一个灰色帆布箱,箱上钉着他的名片,左手提着一把又旧又大的雨伞,胳膊上搭着一条绿色和棕色方格的披巾。火车将他载往马赛。

四

大约正在这个时期,朱利于斯·德·巴拉利乌尔去罗马参加一个重要的社会学会议。也许他并没有受到特别邀请(在社会问题上他只有信念而无专长),但他高兴能有这个机会与几位著名的权威接触。米兰正是他必经之地,他借此机会去那里看看他的连襟。我们知道,阿尔芒-迪布瓦夫妇在安塞尔姆神甫的劝说下,早已移居到米兰。

弗勒里苏瓦尔离开波城的那一天,朱利于斯正按昂蒂姆家的门铃。

他被引进一套破旧的居室里,这里有三间房——如果韦罗妮克亲自烧煮每日家常蔬菜的那间阴暗的阁楼也算一间房的话。一个十分难看的金属反射镜使从小院子射进的狭窄光线变得暗淡。朱利于斯手中仍拿着帽子,没有把它放在盖在椭圆形桌子上的那张肮脏的漆布上。他讨厌仿皮漆布椅,便一直站着。他抓住昂蒂姆的手臂大声说:

"您不能留在这里,我可怜的朋友。"

"您为什么可怜我?"昂蒂姆说。

韦罗妮克听见声音跑了过来：

"亲爱的朱利于斯，您瞧我们受到亏待和欺骗，他竟一句话也不提，您相信吗？"

"是谁让你们来米兰的？"

"安塞尔姆神甫，无论如何当时我们无法保留在卢奇纳街的那套住所。"

"我们非得住在那里吗？"昂蒂姆说。

"问题不在这里。安塞尔姆神甫答应给你们补偿。他知道你们的困境吗？"

"他假装不知道。"韦罗妮克说。

"你们应该向塔布的主教申诉。"

"昂蒂姆申诉了。"

"他怎么说？"

"他是一个极好的人，热情鼓励我要坚定信仰。"

"自从来这里以后，你们就没有向任何人呼吁？"

"我差一点见到帕齐红衣主教，他曾经注意到我，我还给他写过信。他路过米兰，但是派仆人来通知我……"

"说他犯了痛风病，很遗憾不能外出。"韦罗妮克打断他的话说。

"真不像话！应该告诉兰波拉。"朱利于斯大声说。

"告诉他什么，亲爱的朋友？的确我现在有点穷，但我们要更多的东西有什么用呢？从前我兴旺时，游游荡荡，当时我是罪人，我是病人。现在我病好了。过去您可怜我是对的。可是，您知道：虚假的钱财使人背离天主。"

"但这些虚假的钱财是您的。我赞成教会教导您蔑视钱财，但不赞成教会剥夺你们。"

"这才是正话。"韦罗妮克说，"我听您说话感到莫大的安慰，朱利于斯。他逆来顺受，真让我恼火，根本没办法劝他自卫。他像傻瓜一样随便让人拔毛，那些以天主的名义来拔毛的人，他还向他们说谢谢。"

"韦罗妮克，你这样说话真使我难过。以天主的名义做的一切都是应该的。"

"如果您认为当傻瓜有趣……"

"傻瓜中还有约伯哩①，朋友。"

韦罗妮克转身对朱利于斯说：

"您听见了吧？嗯，他每天都是这样，一开口就是这些虔诚得过了头的话。我干活，买菜做饭，收拾屋子，而他这位先生在干什么，引述福音书，觉得我为太多的事焦躁不安，还劝我去看野地里的百合花哩②。"

"我尽量帮帮你，朋友，"昂蒂姆用天使般的声音对妻子说，"我向你提过许多次，既然我现在健步如飞，我可以代替你去菜市场或收拾家务。"

---

① 原文中傻瓜用的是"jobard"，因此其中有"job"，即约伯，据《旧约·约伯记》所载，他是忠实于神的义人。
② 《新约·马太福音》第六章："所以我告诉你们，不要为生命忧虑吃什么，喝什么，为身体忧虑穿什么。……你想：野地里的百合花怎么长起来；它也不劳苦，也不纺线……"

梵蒂冈地窖 | 133

"这不是男人的事。你就安心写你的宗教训诫吧，不过努力让他们多付一点钱。"接着她用越来越生气的声调（她从前总是笑吟吟的）说："不像话！从前他为《电讯报》写的反宗教文章稿费高，而今天为《朝圣者》写的说教文章只拿几文钱，这几文钱里他还要留下四分之三给穷人。"

"那他完全是个圣人了！……"懊丧的朱利于斯喊了起来。

"啊！他这个圣人真叫我生气！……您瞧，您知道这是什么吗？"她走到一个暗角里，拿出一个鸡笼，"这是两只老鼠，是当初这位学者先生弄瞎的。"

"唉！韦罗妮克，何必旧事重提呢？从前我拿它们做实验，你喂养它们，我还责怪你……是的，朱利于斯，在我犯罪的时候，出于一种虚妄的科学好奇心，我把这两只可怜的动物弄瞎了，现在我养着它们不是理所应该的吗？"

"希望教会在将您弄瞎以后也像您对待老鼠一样对待您。"

"您说把我弄瞎了？这是您该说的话吗？不，让我眼睛更亮了，老弟，让我眼睛更亮了。"

"我讲的是现实。你们被抛弃，我认为这种情况是无法接受的。教会向你们做过承诺，它必须为了自己的荣誉，也为了我们的信仰，信守诺言。"接着他转向韦罗妮克，"如果您一无所获，去找更高一层，不断地找更高一层。我刚才说到兰波拉。我现在想向教皇本人送申诉书。教皇对您的皈依并非一无所知。这样不公正的待遇应该让他知道。明天我就又要去罗马。"

"您总该留下和我们吃饭吧。"韦罗妮克胆怯地说。

"请原谅,我的胃不太好(指甲修得漂漂亮亮的朱利于斯注意到昂蒂姆的手指,它们又短又粗,指尖成方形)。等我从罗马回来,再和你们多待些时候,还要和您,亲爱的昂蒂姆,谈谈我正在筹划的新书哩。"

"这几天我重读了《顶峰的空气》,觉得比头一次要好。"

"那对您真是可惜了。这是一本失败的书。等您能够理解和赞赏我现在的奇怪的挂虑时,我再向您解释为什么。我有许多话要说。今天就别说了吧。"

他祝阿尔芒-迪布瓦夫妇交好运,然后就走了。

第四篇
蜈 蚣

我只赞成那些一面呻吟一面求索的人。

         帕斯卡尔

一

阿梅代·弗勒里苏瓦尔衣袋里装着五百法郎离开了波城，这笔钱肯定够他旅行的了，虽然狡猾的共济会多半会让他付些意外开支。再说，即使这笔钱不够用，即使他不得不多耽搁些日子，他可以向布拉法斯求救，后者为他准备了一小笔钱。

由于不能让波城人知道他去哪里，他只买了去马赛的车票。从马赛到罗马的三等车票只有三十八法郎四十生丁，而且他可以沿途下车，他想利用这一点，并不是为了满足看看新鲜地方的好奇心，他这种好奇心从来就不强烈，而是为了睡觉，他在这方面的要求十分苛刻。也就是说他最害怕的是失眠。对教会来说他抵达罗马时必须精神饱满，因此他不在乎在路上多待两天，多付点旅馆费……这算不了什么，因为在火车上过夜肯定会彻夜不眠，而且其他旅客的气味使空气极不卫生；此外，如果一位旅客想换换空气，开开窗子，那他肯定会感冒……所以他要在马赛过第一夜，在热那亚过第二夜，住一家不豪华但舒适的旅馆，这在火车站周围是很容易找到的。他将于第三天傍晚抵达罗马。

总之,他喜欢这次旅行,独自旅行。他四十七岁了,总是在别人的控制下生活,不是由妻子陪着就是由朋友布拉法法斯陪着。他安稳地坐在车厢一角,像山羊一样露出齿尖笑着,盼望遇见小小的意外。抵达马赛以前,一切顺利。

第二天他坐错了车。他刚买了一本关于意大利中部的《贝德克旅游指南》,正专心致志地阅读,以致上错了开往里昂的车,到了阿尔勒他才发现,但火车正开动,他只好随车到达塔拉斯孔,从那里又坐回来,然后乘晚车去土伦,不愿在马赛再过一夜挨臭虫骚扰。

旅馆的房间朝向热闹的卡纳比埃尔大道,外表并不坏,床的外表也不差,确实!他叠好衣服,算好账,做完祈祷便安安心心地躺下。他困乏已极,立刻睡着了。

臭虫的习性很特别。一等蜡烛熄灭,它们便在黑暗中出动了,不是随意走动,而是直奔它们特别偏好的颈部,有时也问津手腕,个别臭虫喜欢脚踝。不知为什么它们往睡者皮下输进一种能引起荨麻疹的轻油,只要一摩擦,它的毒性就令人恼火……

弗勒里苏瓦尔痒得难受,从梦中醒来,点燃蜡烛,跑到玻璃镜前看颌骨下部一个不太清楚的红块,上面洒满了模糊的小白点,但是烛光很暗,镜面很脏,他又睡眼惺忪……他重新躺下,仍在抓搔;重新吹灭蜡烛;五分钟后他又点燃蜡烛，因为灼痒难耐；他从床上跳起来跑到盥洗间，将手巾放到水罐里浸一浸，然后贴在红肿的地方，这地方越来越扩展，现在一直到达锁骨。阿梅代以为自己病了，开始祈祷，接着又吹灭蜡烛。冷敷手巾带来了片刻的安宁，但为时很短，没等病人睡着就过去了。现在除了残酷的荨麻疹外，被水弄湿、也被眼泪弄湿的衣领使他很难受。突然他惊恐地跳了起来，臭虫！这是臭虫！……真怪他刚才怎么没有想到呢，不过他只听说过臭虫，怎能将臭虫叮咬的效果与这种模糊的灼热联系起来呢？他跳下床，第三次点燃蜡烛。

他既教条又神经质，像许多人一样，对臭虫有着错误的概念，开始在自己身上寻找臭虫，全身因厌恶而变得冰凉，但他一个臭虫也没有看见，他想自己弄错了，再次认为自己在生病。被单上也没有臭虫，然而，在重新躺下之前，他突然想掀掀长枕头，于是看见三个发黑的小圆东西，它们迅速藏进被单的褶缝里。这就是臭虫！

他将蜡烛放在床上，开始追捕，翻开褶缝，找到了五个臭虫，出于厌恶，他不敢用指甲掐死，而是将它们扔到便壶里，然后撒尿。他瞧了一会儿，见它们在挣扎，他得意而凶恶，稍稍感到安慰，再次躺下，吹灭了蜡烛。

他几乎立刻又感到灼痒，而且更加厉害，现在换了地方，在后颈上。他受不了，又点燃蜡烛，起身，这次脱下衬衣，好从容不迫地检查衣领。他终于在缝线处看见几个难以觉察的浅红色小点在跑动，他把它们压死在布上，留下了血迹。这些鬼虫子居然这么小，他很难相信这就是臭虫，不过，过了一会儿，他又掀起长枕头，抓住了一个大个的，这肯定是它们的母亲。于是他勇气倍增，感到兴奋，几乎觉得有趣，他拿走长枕头，摊开被单，开始有条不紊地寻找，但总共只找到四个臭虫，他又躺下，享受了一小时的安宁。

接着他又痒起来，他再一次追捕，终于疲劳不堪，随它去了，而且发觉要是不去碰痒的地方，它就会相当快地不痒了。黎明时，吃得饱饱的最后几只臭虫离开了他。服务员来叫醒他赶火车时，他正睡得沉沉的。

到了土伦跳蚤代替了臭虫。

这些跳蚤大概是他在火车上收罗的。他辗转反侧，无法入眠，抓搔了整整一夜。他感觉到它们在顺着大腿跑，使他的腰部发痒，使他发烧。他的皮肤敏感，跳蚤叮了以后就隆起了许多包，在他仿佛痛快的抓搔下肿了起来。他一再点蜡烛，一再起来，脱下衬衣又穿上衬衣，但一个跳蚤也没有打死，也只勉强在片刻间看见了它们。它们逃避他的追捕，即使他抓住，用手指将它们压扁，以为它们必死无疑了，它们却又马上膨胀起来，而且立刻安然无恙地，像从前一样跳走了。他甚至怀念起臭虫来。他很恼火，这劳而无功的追捕最终使他烦躁得无法入睡。

他夜里的小包第二天痒了一整天，此外还有新的地方在发痒，这是告诉他仍然有跳蚤光临。极度的炎热大大增加了他的不适。车厢里挤满了工人，他们喝酒、抽烟、吐痰、打嗝、吃粗短香肠，香肠气味很浓，弗勒里苏瓦尔感到要呕吐了。然而，车抵边界时他才敢离开这个车厢，因为他害怕工人们见他换一个车厢会以为他们使他不舒服。他去到另一个车厢，那里有一位个子极大的奶妈在给孩子换尿布。他想睡一觉，但他的帽子在妨碍他。这是一顶系着黑丝带的平顶白色草帽，一般被称作"扁平狭边帽"。弗勒里苏瓦尔让它处于正常状态时，僵硬的帽檐妨碍他将脑袋靠在板壁上。如果他想靠在板壁上而稍稍抬起帽子，那板壁就将帽子往前推，相反，当他将帽子朝后仰时，帽檐就被夹在板壁和他的后颈之间，于是帽子就在他前额上方翘了起来，活像一个阀门。他下决心将帽子完全摘掉，用围巾裹着头，而且，为了避光，让围巾一直垂到眼睛。至少他已经为夜里采取了措施，因为他早上在土伦买了一盒杀虫粉，而且他想晚上一定要住进最好的旅馆，哪怕很贵也不在乎。如果今晚再睡不好，那到达罗马时身体状况会多么糟呢！只能听凭任何一位共济会会员摆布了。

热那亚火车站前停着主要旅馆的马车。他径直走向最豪华的一辆车，穿制服的仆人拿起他可怜的箱子，露出鄙夷的神气，但他毫不畏惧，他不愿和箱子分开，不同意将它放在车顶，要求将它放在身边，放在椅垫上。在旅馆前厅里，看门人说的是法语，于是他感到毫无拘束，不但要求"一个很好的房间"，还大胆地打听对方建议的房间的价格，坚决认为十二法郎以下的房间对他不合适。

他参观了好几间房,最后挑定一个十七法郎的房间,这间房很宽敞、干净、漂亮而不铺张。床在房间中央,这是张铜床,而且肯定没有人睡,洒上除虫菊会是对它的侮辱。盥洗间藏在一个巨大的橱柜里,两扇大窗开向花园。阿梅代俯向黑夜,凝视那些模糊不清的幽暗的枝叶,久久地,让温暖的空气慢慢使狂热降温,催他入睡。从床的上方,垂下一张罗纱帷幔,雾蒙蒙地正好遮住床的三面,像缩帆绳一样的细绳将帷幔的正面提起来形成一个美丽的弧形。弗勒里苏瓦尔认出这就是人称的蚊帐,他是一直不肯用它的。

他梳洗完毕,乐滋滋地躺在干净的床单上,让窗子开着,当然不是大开,因为他害怕感冒和眼炎,而是让一个窗扇虚掩着,免得外面的空气直接吹到他。(这里用电照明,一拧电开关的小钉,灯就灭了。)

弗勒里苏瓦尔快要睡着了,忽然有一个轻微的嗡嗡声提醒他忘了采取预防措施,即应该关了灯才开窗,因为灯光招引蚊子。他记起曾在什么地方读到一篇东西,它赞美仁慈的天主赋予这种小飞虫一种特殊的小乐器,使它能在叮咬睡眠者的前一刻通知他。接着,他放下四周无法逾越的纱帐,昏昏欲睡,一面想道:"这毕竟比布拉法法斯老爹卖的那种小圆锥形的干草毡要好,那东西有个古怪名字,叫 fidibus[①],人们将它放在金属茶碟上点燃,它一面焚烧一面散发出大量

[①] 拉丁文,菲迪比斯,意为"给予信徒"。

具有麻醉性的烟雾,不过,在麻醉蚊子以前,睡觉的人已经窒息得半死。菲迪比斯!多么古怪的名字!菲迪比斯……"他正要入睡,突然,左面的鼻翼上被狠狠叮了一下。他用手去摸,而正当他摸皮肤上难受的肿包时,手腕又被叮了一下。然后鼻旁是嘲弄的嗡嗡声……真可怕!他将敌人关在堡垒里了!他伸手拧开关,灯亮了。

可不是!蚊子就在那里,在蚊帐顶上,不慌不忙。阿梅代有点老花眼,但看得很清楚,那蚊子纤细得不可思议,用四只脚站着,最后那双脚长长地向上跷起几乎成环形。多么傲慢!阿梅代站在床上,但怎样才能将蚊子拍死在飘忽而朦胧的纱帐上呢?……不管它!他用手掌拍下去,又快又重,仿佛把蚊帐拍破了。蚊子肯定在那里,他用眼睛寻找蚊子的尸体,什么也找不着,只觉得腿弯又被叮了一下。

于是,为了尽可能保护自己,他又钻进被子里,迟钝地待了大约一刻钟,不敢关灯。他既没看见敌人也没有听见敌人,终于放下心来关灯。立刻又响起了嗡嗡声。

他伸出一只手臂,将手掌靠近面孔,有时他似乎感觉到有只蚊子满不在乎地落在他的前额或脸颊上,他便一巴掌拍去。但是过后不久他又听见蚊子在吟唱。

在这以后他想出一个办法,用围巾包住头,这大大妨碍他痛快地呼吸,而他的下巴仍然被叮了一下。

此时,蚊子大概吃饱了,不再吱声,至少是阿梅代被睡魔征服,再听不见了。他拿掉了围巾,睡得很不安稳,一面

梵蒂冈地窖 | 145

睡一面搔痒。第二天早上，他那个天生的鹰钩鼻变得像酒糟鼻，腿弯处的包长得像花蕾，而下巴上的包像座火山——他不得不请理发师特别注意，因为在离开热那亚以前，他请理发师给他刮胡子，以便到达罗马时端庄得体。

二

到罗马后，弗勒里苏瓦尔提着箱子在车站前犹豫不决，他十分疲乏、困惑，不知所措，无力做任何决定，对招揽顾客的旅馆看门人只有力气拒绝。幸好他遇见了一位讲法语的脚夫。巴蒂斯坦是出生于马赛的年轻人，几乎嘴上无毛，但眼光敏锐，认出弗勒里苏瓦尔是同胞，便提出为他带路和提箱子。

弗勒里苏瓦尔在漫长的旅途中已经把《贝德克旅游指南》啃了一遍。一种本能、预感、内心警告将他虔诚的关心从梵蒂冈转移到圣天使城堡，它原是阿德里安皇帝陵墓，也是著名的监狱，密室中从前关押过许多著名人物，据说有暗道与梵蒂冈相通。

他凝视地图。"应该住在这里。"他做出了决定，食指指着与圣天使城堡隔岸相望的托尔迪诺纳河堤街。出于天意，巴蒂斯坦正想带他去这里，准确地说并不是去河堤街，因为它其实只是一道堤，而是去邻近的韦基埃雷利街，也就是小老头街，从翁贝托桥过来这是第三条街，街口是河堤。巴蒂斯坦认识这里一家安静的旅馆（从四楼的窗口一探头就能看见陵墓），女士们殷勤待客，能说各种语言，其中有一位说法语。

"先生要是累了，我们可以乘车，相当远……对，今晚的空气很新鲜，因为下过雨。坐了这么久的车，稍稍走走有好处……不，箱子不太沉，我能一直提到那里……头一次来罗马！先生大概是从图卢兹来的吧？……不，从波城来。我早该听出口音来。"

他们就这样边走边谈。先是维米纳尔街，然后是在平奇奥街与维米纳尔街相交的阿戈斯蒂诺·德普雷蒂斯街，然后经过国民大道到达科尔索街，穿过科尔索街，在迷宫似的无名小巷里往前走。箱子并不太重，脚夫迈着大步，弗勒里苏瓦尔十分吃力地紧跟着。他疲惫不堪，热得难受，跟在巴蒂斯坦后面碎步疾走。

"这就到了。"弗勒里苏瓦尔正要求饶时，巴蒂斯坦终于说了。

这条街，或者不如说韦基埃雷利小巷，又窄又黑，弗勒里苏瓦尔犹犹豫豫地不敢进去。但是巴蒂斯坦已经走进了右首第二座房子，大门离河堤拐角只几米远。与此同时，弗勒里苏瓦尔看见一位军人从那座房子里出来。他在边境上就注意到的这种漂亮的军服使他放了心，因为他信任军队。他往前走了几步。门口出现了一位女士，看来是旅馆的女老板，正和蔼可亲地向他微笑。她穿着一件黑缎围裙，戴着手镯，颈上围着天蓝色的塔夫绸丝带,头发很黑,被高高地挽到头顶,用一把巨大的玳瑁梳子卡住。

"你的箱子已经送上四楼了。"她对阿梅代说。阿梅代想她以"你"相称可能是意大利的习惯,要不就是对法语缺乏足够的了解。

"格拉齐阿!"他也微笑着说。格拉齐阿!这就是:谢谢。这是他会说的唯一的意大利语,他在感谢女士时认为应该有礼貌地用阴性。

他上楼,每到一个楼梯平台就喘喘气,给自己鼓劲,因为他疲乏不堪,而楼梯脏得使你无法忍受。楼梯犹豫地斜着往上,得停三次才能到达上一层楼,因此每隔十级台阶就有一个平台,平台一个接着一个。在正对着大门的第一个平台的天花板上,挂着一个金丝雀鸟笼,从街上就能看见。在第二个平台上,一只长疥癣的猫正要吞食拖来的鳕鱼皮。第三个平台上有厕所,厕所的门大开,可以看见便桶旁边有黄色陶土的高脚盆,里面露出一个小扫帚柄。阿梅代没在这里停留。

在二楼上,一盏汽油灯冒着黑烟,旁边是一扇大玻璃门,上面是失去光泽的字:"会客室",但房间很阴暗。阿梅代透过玻璃,勉强看见对面墙上有一块金框玻璃镜。

他上到第七个平台时,又是一位军人从三楼的一间房里出来。这次是一位炮兵,他匆匆下楼撞了他一下,然后扶扶他,一面笑一面咕哝地表示道歉,走过去了。弗勒里苏瓦尔仿佛醉了，累得站立不稳。第一位军人使他放心，第二位军人却使他担心。

"这些军人一定很闹。"他想道，"幸好我的房间在四楼，我愿意他们在我楼下。"

他还没有完全走完三楼就有一个头发蓬散、敞着晨衣的女人从走廊尽头跑过来叫他。

"她把我当做另一个人了。"他心里想，赶紧往上走，一面把眼光挪开，免得那女人因几乎光着身子而难为情。

他气喘吁吁地到了四楼，又看见巴蒂斯坦。他正在和一位年龄难以判定的女人说意大利语，她很像布拉法法斯的厨娘，不过没那么胖。

"您的箱子在十六号房，就是第三个门。走过去时注意走廊里的水桶。"

"它漏水，我把它拿到外面来了。"那女人用法语解释说。

十六号房的门是开着的。桌子上有支点燃的蜡烛，照亮了房间，还将少许亮光投到走廊里。在走廊里十五号房门前有一个倒盥洗水的金属桶，它周围的地面上是一摊发亮的水，弗勒里苏瓦尔跨了过去。水发出刺鼻的气味。他的箱子显眼地放在那里，放在椅子上。阿梅代一走进令人气闷的房间，就觉得头晕，他将雨伞、披巾和帽子往床上一扔，身子坐倒在安乐椅上。他的前额在冒汗，他觉得自己要病倒了。

"这是卡萝拉夫人,她说法语。"巴蒂斯坦说。

他们两人走进房间。

"稍微开开窗吧。"弗勒里苏瓦尔叹息说,他没有力气站起来。

"啊!他太热了!"卡萝拉夫人说,一面用从胸衣里掏出的香喷喷的小手绢擦拭他那张苍白、冒汗的脸。

"把他抬到窗口去。"

他们两人将椅子抬了起来,阿梅代坐在上面摇晃,他几乎昏迷,听由他们摆布。他们让他呼吸到的不再是走廊的怪味,而是街上各式各样的臭味。凉气毕竟使他苏醒过来。他搜搜小钱包,从里面掏出一张卷起来的五里拉的钞票,这是为巴蒂斯坦准备的。

"很谢谢您。现在您走吧。"

脚夫出去了。

"你不该给他这么多钱。"卡萝拉说。

阿梅代接受"你"的称呼,以为这是意大利的习俗,他现在只想上床睡觉,但卡萝拉似乎无意要走,于是他出于礼貌和她攀谈起来:

"您的法语说得跟法国人一样好。"

"这不奇怪,我是巴黎人。您呢?"

"我是法国南方人。"

"这我猜到了。我看见您时就想:这位先生一定是外省人。您这是第一次来意大利吗?"

"第一次。"

"是来做生意的?"

"是的。"

"罗马很美。值得看的东西很多。"

"是的……不过今晚我有点累了。"他鼓起勇气说,接着又仿佛道歉,"我旅行了三天。"

"来一趟时间可长。"

"我有三夜没有睡觉了。"

卡萝拉夫人听见这句话,突然显出使弗勒里苏瓦尔更狼狈的意大利式亲热态度,用手捏捏他的下巴说:

"淘气鬼!"

这个举动使阿梅代脸上微微发红,他想立刻排除这种令人不快的影射,便谈起了跳蚤、臭虫、蚊子,谈了很久。

"这里没有这些东西。你瞧多干净。"

"是的,我希望能睡个好觉。"

但她仍然不走。他费劲地从椅子上站起来,用手摸着背心的头三个扣子,大着胆子说:

"我想我要上床了。"

卡萝拉夫人明白弗勒里苏瓦尔感到拘束。

"你想让我走开一会儿,我明白。"她有分寸地说。

她一出去,弗勒里苏瓦尔就锁上门,从箱子里拿出睡衣,躺了下来。然而,锁舌显然没有咬住,因为他刚吹灭蜡烛,卡萝拉的头就又出现在虚掩的门边,在床后面,离床很近。她笑吟吟地……

一小时以后,当他清醒过来时,卡萝拉正光着身子紧紧依着他,躺在他怀里。

他从她身下抽出发酸的左臂,将自己的身体挪开。她仍在睡。从小巷射上来的微弱光线充满了房间,除了这个女人均匀的呼吸以外没有任何声音。阿梅代·弗勒里苏瓦尔整个身体和心灵感到异常疲惫,将两条瘦腿从毯子里伸出来,坐在床沿上哭了起来。

刚才是汗水,现在是泪水洗涤他的面孔,而且与火车的灰尘混在一起。泪水悄悄地、不断地慢慢从他心中涌出,仿佛出自一个暗藏的水泉。他想到阿尔尼卡,想到布拉法法斯,唉!啊!要是他们看见他!现在他永远也不敢重新生活在他们身边了……接着他想到自己庄严的使命从此受到危害,低声呻吟道:

"完了!我从此不配……啊!完了!彻底完了!"

他奇怪的叹息声惊醒了卡萝拉。此刻他跪在床脚前,一下一下地捶着自己虚弱的胸脯,卡萝拉目瞪口呆,听见他牙齿打战,呜咽着一再重复:

"赶快逃命吧!教会垮了……"

她终于忍不住了:

"你这是怎么回事,可怜的老头?你疯了?"

他转身向她:

梵蒂冈地窖 | 153

"求求您，卡萝拉夫人，您走吧……我必须一个人待着。明天早上我们再见面。"

总之，他只怨自己，所以温柔地吻了一下她的肩头：

"啊！您不明白我们干的事有多么严重。不，不！您不明白。您永远也不会明白。"

三

在"解救教皇的十字军"这个冠冕堂皇的名义下,诈骗行动的阴险分支在不止一个法国省份里蔓延开来。韦尔蒙塔尔的假议事司铎普罗托斯并不是唯一的骗子,德·圣普里伯爵夫人也不是唯一的受骗者。即使所有的骗子都十分巧妙,受骗人也并不都同样地随和。就连拉夫卡迪奥的旧友普罗托斯,在行动以后,也处处提防。他时时害怕真正的僧侣得知这件事,便在巧妙地向前推进的同时,也巧妙地防备身后,但他变化多端,而且受到大力协助。这整个集团(取名为"蜈蚣")内部相互配合,纪律严明。

普罗托斯当晚就从巴蒂斯坦处得知来了一位陌生人,而且是从波城来的,他感到几分惊恐,因此第二天清早七点钟就去找卡萝拉。她还躺在床上。

他从她那里了解了情况,她含糊不清地讲述了夜间的事,"朝圣者"(这是她给阿梅代起的绰号)的焦虑、抗议和眼泪,他不再怀疑了。在波城的说教显然结出了果实,但并非普罗托斯希望的那种果实。必须盯住这位天真的十字军参加者，他的愚蠢可能使事情败露……

"来，让我过去。"他粗鲁地对卡萝拉说。

这句话可能显得奇怪，因为卡萝拉一直躺着，不过奇怪也阻止不了普罗托斯。他将一个膝头跪在床上，另一个膝头从女人身上跨过去，灵巧地旋转一下，将床稍稍往后推，他立刻就处于床和墙之间。卡萝拉大概对这个把戏习以为常，她只简单地问道：

"你要干什么？"

"打扮成神甫。"普罗托斯也简单地回答。

"你从这边出去？"

普罗托斯犹豫了一下，然后说：

"你说得对，这更自然。"

他一面说，一面弯腰按动暗藏在墙面下的一扇暗门，门很矮，完全被床遮住。他钻进去时，卡萝拉抓住他的肩。

"听我说，"她带着几分严肃地说，"我不愿意你伤害这个人。"

"我不是跟你说我要打扮成神甫吗？"

等他一消失，卡萝拉就起床，开始穿衣。

我不知道应该怎样看卡萝拉·韦尼特加。她刚才发出的呼声使我猜想她的心还没有被全部腐蚀。有时，就在卑鄙之中，突然出现了奇异的高尚情感，仿佛在粪堆中长出了一朵天蓝色的花。卡萝拉本质上顺从而忠诚，她和许多女人一样，需要一位指导。她被拉夫卡迪奥抛弃以后，便立刻寻找第一个情人普罗托斯——出于蔑视，出于恼怒，为了报仇。她再次经历艰难的时刻，普罗托斯与她重聚不久就再次将她变成自己的物品，因为普罗托斯喜欢统治人。

如果是另一个人，可能会将她扶起来，使她恢复尊严。首先必须有这种愿望，而普罗托斯则相反，似乎一心想让她堕落。我们看到这个坏蛋要求她做的可耻的事，而这个女人，说实在话，似乎也甘心服从。不过，当一个心灵反抗它可耻的处境时，它对自己的头几次冲动往往并不察觉，只是由于爱，这种隐秘的反抗才显露出来。卡萝拉爱上了阿梅代？这样想未免太轻率。不过，在这种纯洁的接触中，她的堕落受到了触动，我刚才提到的呼声，毫无疑问，发自她的内心。

普罗托斯又回来了。他没有换衣服，手里拿着一包衣服，将它放在椅子上。

"怎么了？"她问道。

"我想过了。我得先去邮局，检查一下他的信件。我中午再换衣服。把你的镜子递给我。"

他走近窗口，低头看自己的映像，整理那两撮小胡子，小胡子呈褐色，比头发的颜色稍浅，剪得与上唇齐平。

"叫巴蒂斯坦来。"

卡萝拉刚刚穿戴完毕。她走到门边拉一根细绳。

"我对你说过不愿意再看见你戴这种袖扣。你会引起注意的。"

"你清楚是谁给我的。"

"不错。"

"你是在嫉妒?"

"大傻瓜!"

这时巴蒂斯坦敲门进来了。

"来,想法再升一级。"普罗托斯说,一面指着刚才从墙后面拿来放在椅子上的上衣、硬领和领带。"你陪客人到城里各处走走。我傍晚时才找他。从现在起要看住他。"

阿梅代去法国人的圣路易教堂忏悔,他不愿去圣彼得大教堂,因为它太大,令人感到窒息。巴蒂斯坦领着他,接着又领他去邮局。不难想象,"蜈蚣"在邮局也有亲信。巴蒂斯坦从弗勒里苏瓦尔箱盖上钉着的小名片上知道了他的名字,把它告诉了普罗托斯,因此后者毫不费劲地就从一位殷勤的邮局职员手中拿到了阿尔尼卡的来信,而且毫无顾忌地拆开看。

"真奇怪。"一小时后弗勒里苏瓦尔也来取信时说,"真奇怪,信封好像被拆开过。"

"这里常常发生这种事。"巴蒂斯坦冷淡地说。

幸好,谨慎的阿尔尼卡只作了些十分小心的影射。何况信也很短。她只是根据米尔神甫的建议,劝他"在作任何尝试以前"去那不勒斯看望圣福红衣主教。措辞十分模糊,因此不会连累人。

四

来到人称圣天使城堡的阿德里安皇帝陵墓前,弗勒里苏瓦尔感到万分沮丧。这座无比庞大的建筑矗立在内院里,不对公众开放,只有持卡的旅行者才能入内,而且特别说明必须由一名看守陪同……

这些过分的预防措施当然更证实了阿梅代的怀疑,同时也使他估计到这项行动异常艰巨。白日将尽,弗勒里苏瓦尔终于摆脱了巴蒂斯坦,在几乎荒凉的河岸上漫步,沿着不让外人靠近的城堡外墙走。他在大门的吊桥前面走过来,走过去,心情阴郁和失望,接着他走开,一直来到台伯河边,试图越过这第一道墙,更多地看见内侧。

他没有注意到在近旁一张长椅上坐着一位教士(他们在罗马不计其数),教士看上去在专心读祷文,其实早就在观察他。这位尊贵的神职人员披着浓密的、银白色长发,脸色年轻红润,这是纯洁生活的标志,但与象征衰老的白发形成反差。只需看他的脸就能认出是位教士,他还有某种难以说清的端庄的特点,说明是一位法国教士。弗勒里苏瓦尔第三

次从长椅前走过时,神甫猛然站起,朝他走来,并且用近似哽咽的声音说:

"怎么!我不是一个人!怎么!您也在找他!"

他一面说,一面用两手捂着脸,长期被抑制的呜咽现在爆发开来。接着他突然平静下来:

"太冒失!太冒失!收起你的眼泪!忍住你的叹息吧!……"他拉住阿梅代的手臂说,"我们别待在这里,先生,有人在观察我们。我刚才未能克制的激动已经被人注意到了。"

阿梅代现在惊奇地跟在他后面。

"可是怎么,"他终于开口了,"您怎么猜出我来这里的目的呢?"

"但愿老天只让我一人发现了这一点!您焦虑不安,您用忧愁的目光观察现场,这能逃过三周以来就日夜在此巡回的人的注意力吗?唉,先生!我一看见您,就有某种预感,某种上天的启示,认出了您我心灵相通……注意,有人过来了。看在老天分上,装出无忧无虑的样子吧。"

一位卖蔬菜的人从相反的方向走过来。他立刻装出继续说话的姿态,语调不变,但更起劲:

"这就是为什么某些人如此爱抽的维尔吉尼亚雪茄只能用烛火点燃,因为它内部作为烟雾小导管的细薄麦秆被抽掉了。燃烧不好的维尔吉尼亚雪茄只好扔掉。先生,我见过讲究的抽烟人,他们点燃六支烟才找到一支合适的……"

等卖菜人一走过去,他就说:

"您看见他怎样瞧我们吗?刚才不得不骗他。"

"怎么!"弗勒里苏瓦尔惊愕地叫了起来,"难道这个普通的种菜人也是我们应该提防的?"

"先生,我不敢肯定,只是假定。这个城堡周围受到严密监视。特别警察的警员们不断在这里转来转去。为了不引起怀疑,他们装扮成各式各样的人。这些人很狡猾!很狡猾!而我们太轻信,本质上太信任人。我告诉您,先生,我差一点误了大事,到罗马的那天晚上,我让一位不像脚夫的脚夫将我简单的行李从火车站送到下榻的地方,我毫无疑虑。他说法语,虽然我自小就说一口流利的意大利语……在异国他乡听人讲自己的母语,我激动不已,您大概也会同样激动的……可是,这位脚夫……

"也是他们的人?"

"也是他们的人。我几乎可以肯定。幸亏我没说几句话。"

"您使我发抖,"弗勒里苏瓦尔说,"我也一样,我到的那天晚上,也就是昨天晚上,遇见了一位向导,他替我拿箱子,他也说法语。"

"天哪!"神甫惊恐地说,"他大概也叫巴蒂斯坦?"

"巴蒂斯坦,就是他!"阿梅代呻吟说,两腿发软。

"倒霉!您跟他说了些什么?"神甫捏住他的手臂说。

"记不清了。"

梵蒂冈地窖 | 161

"想一想！想一想！回想一下，求求您！……"

"真的记不清了。"阿梅代吓呆了，结结巴巴地说，"好像什么也没有说。"

"您让他看出什么来了吗？"

"没有，没有，真的，我担保。不过您提醒我是对的。"

"他领您去了哪家旅馆？"

"不是旅馆，我租了一个单间。"

"这无所谓。总之您住在哪里？"

"您肯定不知道的一条小巷，"弗勒里苏瓦尔十分拘束地嘟哝说，"不过没关系，我不会一直待在那里。"

"您得注意，如果您走得太快，会显出您有戒心。"

"是的，也许。您说得对，我最好别马上离开。"

"我多么感谢上天让您今天来到罗马！晚一天我就会错过您了。明天，最晚在明天，我必须去那不勒斯看一位重要的神职人士，他在暗中为这件事出了大力。"

"莫非是圣福红衣主教？"弗勒里苏瓦尔激动得全身发抖，问道。

神甫大惊失色，往后退了两步：

"您是怎样知道的？"接着又走近说，"不过我又何必惊奇呢？他在那不勒斯是唯一知道我们的秘密的人。"

"您……很熟悉他？"

"岂止是熟悉！唉！我的好先生，我得感谢他……不过这没有关系。您想去见他吗?"

"当然,如果必要的话。"

"他是最好的人……"他突然擦擦眼角,说道,"您当然知道去哪里找他了?"

"我想谁都会告诉我的。在那不勒斯,谁都知道他。"

"不错,但您肯定不想让全那不勒斯都知道您的访问吧? 再说,不会有人告诉您他参加了……我们知道的那件事,也许还托您带口信而没有告诉您怎样接近他吧。"

"对不起。"弗勒里苏瓦尔怯生生地说,阿尔尼卡没有给他任何有关的指示。

"怎么! 您是想直接去找他? 甚至也许直接去找总主教!"神甫笑了起来,"而且直截了当地向他倾诉!"

"我承认……"

"您知道吗,先生,"对方严厉地说,"您知道您会让他也遭囚禁的?"

他显得十分气恼,弗勒里苏瓦尔不敢再开口。

"如此珍贵的事业被托付给这等轻率的人!"普罗托斯喃喃说,从口袋里掏出念珠的一端,又将它塞进去,然后狂热地画十字。接着他转向同伴说:

"先生,究竟是谁请您介入这件事的? 您接受什么人的指示?"

"请原谅,神甫先生,"弗勒里苏瓦尔狼狈地说,"我没有接受任何人的指示。我可怜的灵魂焦虑不安,我在独自

梵蒂冈地窖 | 163

探索。"

这些谦逊的话似乎使神甫心软了,他向弗勒里苏瓦尔伸出手说:

"刚才我的话太严厉……但我们周围的确有这种危险!"接着,他稍稍迟疑,又说,"听着!您愿意明天和我一同去吗?我们一同去拜访我的朋友……"他抬眼向上,"是的,我敢于称他:我的朋友。"他用深信不疑的语气接着说,"我们在这张椅子上坐一坐。我要写一封短信,我们两人都签上名,好通知他我们要去看他。六点钟(这里的人们说十八点钟)以前投邮,明天早上他就能收到信,准备好在将近中午时接见我们,也许我们甚至可以和他一同吃午饭。"

他们坐下来。普罗托斯从口袋里掏出一个小本,在空白页上开始写,阿梅代不安地看着:

老太婆……

接着,他对阿梅代的惊恐感到有趣,平静地微笑着说:
"如果让您写,您会直接写红衣主教吧。"
于是他用更友好的口吻告诉阿梅代有关红衣主教的情况:圣福红衣主教每周一次秘密离开总主教府,装扮成普通神甫,化名为巴尔多蒂本堂神甫,去到沃梅罗山坡上一座简陋的别墅,在那里接待少数几位知己,并拆阅组织内部的人按这个假名寄给他的密信。但即使作了这种粗俗的化装，他并不感到安全。他怀疑通过邮局寄给他的信被拆开，因此请求写信人在信里不要提任何有意义的事，语气中决不能使人感到他是主教大人，决不能流露一丁点儿尊敬。

"老太婆……嗯！对这位亲爱的老太婆说些什么呢？"神甫打趣地说，铅笔尖犹豫不决，"啊！我给你带来一个爱打趣的老家伙，（对！对！您别管，我知道该用什么口气！）你拿出一两瓶法莱纳葡萄酒，明天我们和你一口气喝完。我们乐一乐。来，您也签字。"

"我也许最好不写我的真名实姓。"

"对您，这没有关系。"普罗托斯又说，他在阿梅代·弗勒里苏瓦尔的名字旁边写上：卡夫①。

"啊！真妙！"

"怎么！我签卡夫这个名字您觉得奇怪？您脑子里只有梵蒂冈地窖。你知道吗，我的好弗勒里苏瓦尔先生，这还是个拉丁字，意思是：当心！"

他说这番话时语气十分高傲和古怪，可怜的阿梅代感到后背从上到下一阵战栗。这只持续了一刹那。卡夫神甫又恢复了和蔼的神气，将刚写上红衣主教的可疑地址的信封递给弗勒里苏瓦尔：

"您亲自去投邮，这样保险些，因为神甫的信会被拆开

---

① Cave，意为"地窖"。

梵蒂冈地窖 | 165

的。现在我们分手吧,别让人看见我们还在一起。说定了,明天早上在七点半钟开往那不勒斯的火车上碰头。是三等车厢,对吧。我当然不穿这身衣服。(怎么可能呢!)我将是简单的卡拉布里亚乡下人(这是因为我的头发,我不想被迫剪掉)。再见!再见!"

他轻轻地打着手势走远了。

"感谢上天让我遇见这位尊贵的神甫!"弗勒里苏瓦尔转身回家时喃喃说,"要是没有他我可怎么办?"

而普罗托斯呢,一面走开一面咕哝说:

"红衣主教,会让你见到的!……他要是独自去,很可能见到真的红衣主教!"

五

由于弗勒里苏瓦尔叫喊自己太累,卡萝拉今夜让他睡觉,虽然她对他感兴趣,虽然,自从他承认自己对做爱缺乏经验之后,她便对他怀着怜爱的感情。睡觉,至少在痛痒难当的情况下入睡吧,因为他全身都是跳蚤和蚊子叮咬的包。

"你不该这样搔痒。"第二天早上她对他说,"你刺激它,啊!瞧这个包发炎了。"她摸摸他下巴上的包。他准备出门时,她又说:"来,拿着这个,作为对我的纪念。"她将普罗托斯不喜欢她戴的那副古怪的首饰套在"朝圣者"的袖口上。阿梅代答应当晚回来,至迟不过第二天。

"你发誓别伤害他。"片刻以后卡萝拉一再对普罗托斯说。普罗托斯已穿戴整齐从暗门进来。他等弗勒里苏瓦尔走后才露面,所以迟到了,只得乘车去火车站。

他穿着宽袖外套、棕色长裤,便鞋的鞋带缠在蓝色长袜上,嘴里叼着短管烟斗,头戴一顶棕红色的平窄边帽子,这副新模样不像本堂神甫,倒更像阿布鲁齐山区不折不扣的强盗。弗勒里苏瓦尔正在火车前的月台上来回踱步,看见他来却迟疑不敢认，他呢，像殉道者圣彼得一样将手指放在唇上，仿佛没看见阿梅代一样走了过去，消失在车头的一节车厢里。但是，过了一会儿，他在车门处露出脸来，朝阿梅代的方向看，半眯着眼，悄悄地做手势让阿梅代过去，等阿梅代正要上车时，他又低声说：

"请您看清楚周围有没有人。"

没有人。他们的车室在车厢的尽头。

"在街上我远远地跟着您。"普罗托斯说，"但我不想走近，怕别人看见我们在一起。"

"我怎么没有看见您呢？"弗勒里苏瓦尔说，"我回头看过许多次，我是为了看看有没有人跟踪我。您昨天的那番话使我十分不安！我觉得到处是密探。"

"可惜他们似乎确实很多。您认为每二十步一回头，这正常吗？"

"怎么！的确，我显得……"

"多疑。唉！就是这样：多疑。这种神气是最坏事的。"

"可我甚至没有发现您在跟踪我！……相反，自从谈话以后，我觉得在街上遇见的人都形迹可疑。他们要是看我，我就忐忑不安。他们要是不看我，我就认为他们假装看不见我。在今天以前我没有意识到大多数行人都举止暧昧，十二个人中不到四个人有明显的职业。啊！可以说您教会了我思考！您知道，像我这样天性轻信的人，怀疑不是容易的事，得学习……"

"唔！您会习惯的，而且很快，您瞧着吧，过不了多久，这就成了习惯。唉！我也不得不习惯……重要的是保持愉快的神气。啊！供您参考：您害怕被跟踪时，别回头，只是根据天气或者让您的手杖，或者让您的雨伞，或者让您的手帕掉在地上，然后低头去拾，同时从两腿间往身后瞧，这动作很自然。我劝您练习练习。您说说我这身装束怎么样？我怕有些地方还会现出神甫的原形。"

"您放心，"弗勒里苏瓦尔天真地说，"除了我以外，谁也认不出您是谁，我敢肯定。"接着他歪着头，和蔼地端详他，"仔细看看您这身打扮，我显然还能找到某种难以说清的教士的气质，您那快活的声调下面有一种使我们两人不安的焦虑，不过您对您自己控制得多么好啊，竟然很少有所流露！至于我，我还有许多事要学习，我很清楚，您的忠告……"

"您的袖扣可真奇怪。"普罗托斯打断说。他在弗勒里苏瓦尔身上认出了卡萝拉的袖扣，觉得很有趣。

"这是人家送的。"弗勒里苏瓦尔红着脸说。

天气酷热。普罗托斯望着车门外。

"这是卡西诺山，"他说，"您看见上面那座著名的修道院了吗？"

"是的，看见了。"弗勒里苏瓦尔心不在焉地说。

"我看您对风景并不太感兴趣。"

"哪里，哪里，"弗勒里苏瓦尔反对说，"我感兴趣！不过，我一直忐忑不安，您想我能对什么感兴趣呢？就和在罗马看纪念性建筑物一样，我什么也没有看见，我也不能努力去看见。"

"我很理解！"普罗托斯说，"我也一样，我对您说过，自从来到罗马，我的全部时间都花在梵蒂冈和圣天使城堡之间。"

"很可惜。不过您，您早已来过罗马。"

我们的旅行者就这样交谈着。

车到卡塞塔时，他们下车，每人各自去吃点熟肉，喝点酒。

"在那不勒斯也一样，"普罗托斯说，"我们走近他的别墅时，请您和我分开。您远远地跟着我。我必须跟他解释一会儿，特别是如果他有客人在场。我要告诉他您是谁，您拜访的目的，所以在我进去一刻钟以后您再进去。"

"我可以利用这段时间叫人给我刮胡子。今天早上我没有来得及。"

有轨电车将他们载到但丁广场。

"现在我们分开吧，"普罗托斯说，"还有相当长一段路，不过最好分开。您走在我后面，离我五十步，别老瞧着我，仿佛唯恐丢了我似的，也别回头看，您会让人盯梢的。装出快快活活的样子。"

他朝前走，弗勒里苏瓦尔半垂着眼睛跟在后面。街道又窄又陡，阳光炙人。弗勒里苏瓦尔流着汗，被一群骚动的人推来挤去，他们大叫大嚷，指手画脚，高声唱歌，让弗勒里苏瓦尔目瞪口呆。一些半裸的孩子在自动钢琴前面跳舞。一位江湖卖艺人伸直手臂举着一只去毛的肥火鸡，这火鸡是由人们用两个苏一张的彩票来抽签的。为了显得更自然，普罗托斯路过时买了一张彩票，然后消失在人群中。弗勒里苏瓦尔无法前进，有一刻真以为再找不到普罗托斯了，但后来又看见了他，他已经走过了拥挤的人群，正小步往上走，腋下夹着那只火鸡。

终于，房屋越来越稀，越来越矮，人也越来越少，普罗托斯放慢脚步。他在一家小理发店前停下，回头对弗勒里苏瓦尔眨眨眼睛，接着他又向前走了二十步，在一扇低矮的小门前再次停住，按铃。

理发店的铺面并不特别吸引人，但是卡夫神甫指定了这一家肯定有其理由。何况弗勒里苏瓦尔必须回头走很远才能找到另一家理发店，而且也不见得比这家更吸引人。由于酷热，理发店的门一直开着，一张平纹粗布的门帘挡住苍蝇，但让空气流通。要进去得掀门帘。弗勒里苏瓦尔进去了。

理发师当然十分熟练。在给阿梅代的下巴涂满肥皂后，他小心翼翼地用毛巾的一角将淡红色小包——这是胆小的顾客指给他看的——周围的肥皂泡抹掉，让小包露在外面。啊！昏昏欲睡。这家安静小店热得使人迷迷糊糊！阿梅代半躺在皮椅上，仰着头，随他摆弄。啊！至少在这短暂的一刻，忘记一切！不再想教皇，不再想蚊子，不再想卡萝拉！想象自己在波城，在阿尔尼卡身边，想象自己在别处，忘记自己在这个地方……他闭上眼睛，然后又睁开，仿佛在梦中，看见在他对面的墙上有一个披散着头发的女人正从那不勒斯的海里出来，从海浪深处抱出一瓶美发剂，瓶子晶莹发光，给人一种清新爽人的快感。在这张广告下面，还有另一些瓶子排列在一个石板上，旁边还有口红、粉扑、钳子、梳子、柳叶刀、发蜡以及一个短颈大口瓶，瓶里有几只水蛭在懒洋洋地游来游去，第二个瓶里装着一只长绦虫，第三个瓶子没有瓶盖，装着半瓶胶状物质，透明的玻璃上贴着一张标签，这是随意手写的大写字体：灭菌剂。

理发师为了把工作干得完美无缺，现在又在已经刮过的脸上涂上一层润滑的泡沫，用在右手手心磨快的第二把明亮的刮胡刀再刮一次。阿梅代不再想有人正在等他，不再想走，昏昏欲睡……这时一位西西里人高声说着话走进小店，打破了安宁，理发师也立刻说起话来，心不在焉地刮脸，一刀直直地过去，啪！把小包擦破了。

阿梅代惊呼一声，要用手去摸伤口，那里渗出了一滴血。

"别动！别动！"理发师说，一面拉住他的手臂，然后从抽屉里拿出一大撮发黄的棉花，放在灭菌剂里泡一下，贴在他的小伤口上。

弗勒里苏瓦尔顾不上是否令行人回头看，径自往山下的城里跑去，去哪里呢？他见到第一家药店就把伤口给药剂师看。那是一位面色发青的老头，外表并不卫生，他微笑着从一个盒子里找出一小块圆形硬药膏，用他那个大舌头舔舔，然后……

弗勒里苏瓦尔奔出了药店，恶心得吐了一口痰，将黏糊糊的药膏扯下来，两个手指夹着小包使劲挤，尽量让它出血，然后用手帕蘸着自己的唾沫，这次是他自己的唾沫，来擦伤口。接着他看看表，吓坏了，顺着街又往上跑，来到红衣主教门前时全身大汗，气喘吁吁，流着血，满脸通红。他迟到了一刻钟。

六

普罗托斯接待他时把手指放在嘴唇上。

"我们不是单独见面。"他很快地说,"只要仆人们在这里,您不能做任何事引起他们注意。他们都说法语。您不能说一句话,不能做一个动作泄露秘密。至少别叫他红衣主教,接待您的是本堂神甫奇罗·巴尔多蒂。我呢,我不是卡夫神甫,只是简单的卡夫。明白吗?"他突然改变声调,拍着他的肩头高声说,"这是他,当然啰!这是阿梅代!嗳,老兄,你在胡子上可真花了不少时间。再晚来几分钟,per Baccho①,我们就不等你开始吃饭了。在铁扦上转动的火鸡都成焦黄色了,像落山的太阳。"接着他又低声说,"啊,亲爱的先生。装假可真难受!我的心在受折磨……"接着他又高声说,"我看见什么了?他把你割破了?你在流血!多里诺,快跑到谷仓去,找一个蜘蛛网来,它对伤口最灵……"

他一面装出这种滑稽可笑的模样,一面推着弗勒里苏瓦尔穿过前厅,朝内花园走去,花园形成一个阳台,葡萄棚下摆着一顿午餐。

"亲爱的巴尔多蒂,我向您介绍表兄德·弗勒里苏瓦尔先生,我向您提起过他这个快活的人。"

"欢迎您,客人。"巴尔多蒂说,做了一个很大的手势,但没有从座椅上站起来,接着他指着浸在一盆清水里的两只光脚说:

"足浴使我开胃,使血液从脑子里往下流。"

这是一个古怪的、胖乎乎的小个子,那张没有胡须的面孔既不标志年龄也不标志性别。他穿着羊驼毛衣服。外表上没有任何东西显露他是高级要人。必须眼光敏锐,或者像弗勒里苏瓦尔一样知情,才会在他愉快的神气下发现隐蔽的红衣主教的圣油。他斜靠在桌上,用一张报纸叠成的尖帽漫不经心地扇着。

"啊!我十分高兴!……啊!有趣的花园!……"弗勒里苏瓦尔结结巴巴地说,他也十分窘迫,既要说话又什么也不能说。

"泡够了!"红衣主教嚷道,"好了!把盆拿走,阿孙塔!"

一位讨人喜爱的、丰满的年轻女仆赶紧跑过来,端起脚盆,将水倒在花坛边上。她的乳房从胸衣中露出来,在衬衣下颤动。她笑着滞留在普罗托斯身旁,那双明亮的裸臂使弗勒里苏瓦尔感到拘束。多里诺将大肚瓶放在桌上。阳光在葡

---

① 拉丁文,凭酒神起誓。

萄藤间嬉戏，往没有铺桌布的桌上的菜肴洒上忽明忽暗的光。

"在这里不用客气。"巴尔多蒂说，他又戴上纸帽，"您听半句话就明白了吗，亲爱的先生。"

卡夫神甫拳头捶着桌子用威严的声音，一字一句地重复说：

"在这里不用客气。"

弗勒里苏瓦尔轻轻眨眨眼。他是否听半句话就明白了，当然！根本不必重复。他努力想找一句既什么也没说又表示一切的话，但是枉然。

"您说话！说话呀！"普罗托斯轻轻说，"做些同音异义的文字游戏。他们听得懂法语。"

"来吧！您请坐！"奇罗说，"亲爱的卡夫，请您切开这个西瓜，切成像土耳其新月那样的一片片。德·弗勒里苏瓦尔先生，您更喜欢像蜜汁甜瓜、普雷斯科瓜、冈塔卢瓜这种自以为了不起的北方甜瓜，而不喜欢我们意大利的多汁甜瓜吧？"

"什么也比不上意大利甜瓜，我敢保证，不过请允许我放弃，我有一点恶心。"阿梅代说，他想到药剂师，直想呕吐。

"那至少得吃几个无花果吧！多里诺刚刚摘下来的。"
"对不起，真的吃不了。"
"糟糕！这真糟糕！做些同音异义的文字游戏吧。"普罗托斯凑到他耳边说,接着又提高嗓门,"用酒来清洗清洗那颗小心吧,让它准备接受火鸡。阿孙塔,给我们可爱的客人倒酒。"

阿梅代不得不喝酒,喝得比往常多。天气热,他又疲乏,不一会儿就两眼昏花。他说起笑话来倒不那么费劲了。普罗托斯让他唱歌,他的声音又尖又细,但他们还是赞叹不已。阿孙塔想吻抱他。然而,从他破损的信仰深处升起一种难以形容的焦虑。他笑是为了不哭。他佩服卡夫的那种自如,那种自然……除了弗勒里苏瓦尔和红衣主教,谁能猜到他在装模作样?巴尔多蒂也善于掩饰,善于控制自己,比起神甫来毫不示弱,他在大笑,拍手,放荡地撞倒多里诺,卡夫弯身抱着阿孙塔,脸紧压着她。弗勒里苏瓦尔心都快碎了,俯身对卡夫低声说:"您该多么痛苦啊!"卡夫在阿孙塔背后握住他的手,紧紧捏住,什么也没有说,转过脸去,眼睛望着天。

接着,卡夫突然站直身子,拍拍手:

"好了!让我们单独待会儿!不,你们等一会儿再收拾碗碟。走吧。去!去!"

他去检查了一下,证实多里诺和阿孙塔都不在偷听,然后走回来,面孔一下子拉长了,神态严肃,红衣主教用手摸摸脸,那世俗的虚假欢乐立刻不见踪影。

"您瞧,德·弗勒里苏瓦尔先生,我的孩子,您瞧我们被逼到什么地步!啊!这场闹剧!这场可耻的闹剧!"

梵蒂冈地窖 | 177

"它使我们，"普罗托斯说，"连最正当的欢乐，最纯洁的快乐都厌恶起来了。"

"天主会感谢您的，可怜的亲爱的卡夫神甫，"红衣主教转身对普罗托斯说，"天主会酬报您，因为您帮我喝完这杯酒。"由于这个象征，他将半杯酒一饮而尽，脸上露出最痛苦的厌恶之情。

"怎么！"弗勒里苏瓦尔俯身惊呼道，"即使在这个隐蔽所，化装成这般模样，主教阁下仍然……"

"我的儿子，称呼我先生，简简单单。"

"对不起，没有外人……"

"我独处时也会颤抖。"

"您不能挑选仆人吗？"

"有人为我挑选，您看见的那两个人……"

"啊！我可以告诉他，"普罗托斯插嘴说，"他们正去汇报我们的一言一行！"

"难道在总主教府……"

"嘘！别用这些大词！您会让我们被抓住的。别忘了您在和本堂神甫奇罗·巴尔多蒂说话。"

"我由他们摆布。"奇罗呻吟说。

普罗托斯手肘交叉枕在桌上，上身前倾，大半张脸朝着奇罗说：

"我还可以告诉他您白天黑夜没有一小时是单独的。"

"是的，不管我化装成什么人，"假红衣主教接着说，

"总有秘密警察在跟着我。"

"什么！这里的人知道您是谁？"

"您不明白，"普罗托斯说，"在圣福红衣主教和卑微的巴尔多蒂之间，我对天主发誓，您是少数几个有幸能将他们联系起来的人。不过，您得明白这一点，他们各有各的敌人！红衣主教在总主教府里必须防备共济会，而本堂神甫巴尔多蒂也受到监视，是……"

"耶稣会！"本堂神甫狂热地插嘴说。

"我还没有告诉他这件事呢。"普罗托斯补充说。

"唉，要是耶稣会也反对我们，"弗勒里苏瓦尔哽咽地说，"谁会想到呢？耶稣会！您敢肯定吗？"

"您想一想吧，您会觉得这很自然。罗马教廷的新政策充满了调解，充满了妥协，正是为了讨好耶稣会，最近几次的教廷通谕也对耶稣会有利。也许他们并不知道颁布通谕的不是'真的'教皇，但如果他'换'了，他们会很遗憾的。"

"要是我听懂了您的话，"弗勒里苏瓦尔又说，"耶稣会在这件事上是与共济会联手的。"

"您从哪里得出这一点？"

"巴尔多蒂先生刚刚泄露的……"

"别把这些荒唐话栽到他身上。"

"请原谅，我不大懂政治。"

"所以别把别人说的话推想得太远。有两个大党派在对峙：共济会和耶稣会。我们了解隐情，我们不能要求这个党

梵蒂冈地窖 | 179

或那个党的支持而不暴露自己,所以它们都反对我们。"

"嗯!您怎么看?"红衣主教问道。

弗勒里苏瓦尔再没有任何看法,他感到自己完全被惊呆了。

"所有的人都反对我们!"普罗托斯又说,"一个人掌握真理时,往往是这样。"

"啊!从前我什么也不知道,那是多么快乐呀!"弗勒里苏瓦尔感叹说,"唉!再也不会了,现在我不可能不知道了!……"

"他还没有全都告诉您,"普罗托斯继续说,一面轻轻触碰他的肩头,"您得准备应付最可怕的事……"接着他俯身低声说,"尽管采取了一切预防措施,秘密还是泄露了。一些骗子借此机会在虔诚的省份里挨家去募捐,而且总是以十字军的名义,将应该归我们的钱装进他们自己的腰包。"

"多么可恶!"

"除此以外,"巴尔多蒂说,"他们使我们丧失威信,丧失信任,我们不得不更加巧妙,加倍谨慎。"

"来,您读读这个。"普罗托斯递给弗勒里苏瓦尔一份《圣十字报》,说道,"这是前天的报,这篇短文很说明问题。"

弗勒里苏瓦尔念道:

我们提醒虔诚的人们注意冒牌神职人员的行径,特别是一位假议事司铎,他自称负有秘密使命,利用信徒们的轻信骗取钱财以从事所谓的解救教皇十字军运动。仅这项活动的标题就足以说明其荒谬性。

弗勒里苏瓦尔感到脚下的土地在晃动、下陷。

"能相信谁呢!我也可以告诉你们,先生们,也许正是由于这个骗子——我是指那位冒牌的议事司铎——我此刻才来到你们中间!"

卡夫神甫严肃地看看红衣主教,然后用拳头敲着桌子大声说:

"是呀,我早就想到了。"

"现在一切都让我担心,"弗勒里苏瓦尔继续说,"担心告诉我这件事的那个人本身就被这个恶棍骗了。"

"这并不奇怪。"普罗托斯说。

"您现在明白,"巴尔多蒂说,"我们的处境多么困难,一边是冒充我们的骗子,另一边是想逮住他们而可能把我们认作他们的警察。"

"这就是说,"弗勒里苏瓦尔诉苦道,"我不知道该怎么办了。到处都是危险。"

"您还会对我们的极端谨慎感到吃惊吗?"巴尔多蒂说。

"您会理解吧,"普罗托斯接着说,"我们为什么有时毫不犹豫地披上罪恶的衣服,假装迎合罪恶的欢乐。"

"唉!"弗勒里苏瓦尔含糊不清地说,"你们至少只是假装,用罪恶来掩盖德行,可是我……"由于醉意与愁绪混在一起,酒嗝和哽咽混在一起,他朝普罗托斯那边偏过去,将午饭吐了出来,然后就含糊不清地讲述和卡萝拉度过的晚上以及自己童贞的丧失。巴尔多蒂和卡夫神甫好不容易才没有大笑起来。

"毕竟,我的儿子,您忏悔了吧?"红衣主教十分关切地问道。

"第二天早上。"

"教士赦免您了吗?"

"太随便了。正是这一点使我不安……但是我能对他说我不是一般的朝圣者吗?向他泄露我到这个国家来的原因吗?……不能,不能!现在完了,这个高贵的使命要求一位洁白无瑕的仆人。我原先最合适。现在一切都完了。我失去资格了。"他又哭得全身抖动,一面轻轻地捶着胸,反复说,"我不配了!我不配了!"接着他像唱单调歌曲一样重复说,"啊!你们现在在听我讲,你们了解我的苦恼,裁判我吧,谴责我吧,惩罚我吧……告诉我用什么样的特殊苦行可以洗涤我的特大罪行?什么样的惩罚?"

普罗托斯和巴尔多蒂相互看看。最后巴尔多蒂站了起来,拍拍阿梅代的肩头说:

"算了,算了!我的孩子。可别这么泄气。嗯,是的,您犯了罪。可是,我们并不因此不需要您呀。(您身上全脏了，来，拿这块餐巾擦擦！）但是，我理解您的焦虑，既然您求助于我们，那我们就告诉您赎罪的办法。（您擦得不好。让我来帮您。）"

"啊！不麻烦您了。谢谢！谢谢！"弗勒里苏瓦尔说。但巴尔多蒂一面擦，一面说：

"不过我理解您的顾虑。为了尊重它们，我先给您一个默默无闻的小小的工作，这是使您重新振作，考验您是否忠诚的机会。"

"我盼望的正是这个。"

"喂，亲爱的卡夫神甫，您带着那张小支票吗？"

普罗托斯从宽袖外套的内侧口袋里掏出一张纸。

"我们这样受骗上当，"红衣主教继续说，"有时很难去领取捐款，那是我们秘密联络的忠实信徒给我们寄来的。我们既受到共济会又受到耶稣会的监视，既受到警察又受到恶棍的监视，不便于去邮局和银行取汇款或兑支票，因为可能会被认出来。卡夫神甫刚才谈到的骗子使捐款失去了信用！（此时普罗托斯不耐烦地用手指在桌子上弹。）简而言之，这里有一张数目不大的六千法郎支票，我请您，孩子，去为我们代领，这是蓬泰-卡瓦洛公爵夫人开的罗马商业信贷银行的支票。支票是付给总主教的，但为了谨慎起见，收款人的姓名空着，所以谁拿着支票都可以去领取。您签上您的真实姓名，不用顾虑，不会引起怀疑的。千万要当心别让人偷走支票或……您怎么了，亲爱的卡夫神甫？您看上去很烦躁。"

"继续说吧。"

"或者,您把钱交给我,在……对,您今天夜里回罗马,乘明晚六点钟的快车再回来,十点钟就又回到了那不勒斯,我在车站月台上等您。然后我们看看做什么更高雅的工作……不,我的孩子,不要吻我的手,您看我手上没有戒指。"

他碰碰半跪在面前的阿梅代的前额。普罗托斯抓住阿梅代的手臂,轻轻摇晃他说:

"来吧!上路以前先喝一杯。我很遗憾不能陪您回罗马,这里有许多杂事走不开,不过最好是别让人看见我们在一起。再见了,拥抱一下吧,亲爱的弗勒里苏瓦尔,愿天主保佑您!我感谢天主使我能认识您。"

他将弗勒里苏瓦尔送到大门口,分手时说:

"啊,先生,您觉得红衣主教这人怎么样?看到如此高贵的智者受到迫害,真使人痛心!"

后来,他回到冒牌货前又说:

"蠢货!你发明的这一套可真叫妙!把你的支票交给一个连护照都没有的笨蛋,我得盯住他。"

但是巴尔多蒂昏昏欲睡,头倒在桌子上喃喃地说:

"得让老头们有点事干。"

普罗托斯走进别墅的房间里,脱下假发和农民服装,不一会儿又出来时年轻了三十岁。他化装成商店或银行职员,外表看上去地位低下。他要赶弗勒里苏瓦尔那趟车,时间很紧,来不及向正在睡觉的巴尔多蒂告辞便走了。

七

弗勒里苏瓦尔当晚回到罗马和韦基埃雷利街。他十分疲惫,求卡萝拉让他睡觉。

第二天,他一醒来就摸摸那个包,感到很古怪。他在镜子里仔细看看,发现那上面蒙着一层发黄的鳞片,样子很险恶。这时他听见卡萝拉在楼梯平台上走动,便唤住她,请她看看这个毛病。她将弗勒里苏瓦尔拉到窗口,看了第一眼后就说:

"这不是你想象的那个。"

老实说,阿梅代并没有特别想到"那个",但卡萝拉努力让他放心反而使他不安起来。既然她说这不是"那个",那就表示它原本可能是"那个"。总之,她敢肯定不是"那个"吗?而且,即使是"那个",他也觉得很自然,因为他毕竟犯了罪,"那个"是他罪有应得的。肯定是"那个"。他的后背从上到下在打寒战。

"你这是怎么弄的?"她问道。

啊!剃刀的伤口或者药剂师的唾沫,这个偶然的原因有什么重要呢，深刻的原因，使他受此惩罚的原因，他能恰当得体地对她讲吗？她又能明白吗？她会嘲笑的……她仍旧在问，于是他回答说：

"是理发师。"

"你应该往上面涂点什么药。"

这种关心消除了他最后的疑问。她最初说的话只是为了使他放心。他已经看见自己整个脸，整个身体都长满了脓包，这是阿尔尼卡最厌恶的东西。他的眼睛噙满了眼泪。

"那么你认为……"

"啊不，我亲爱的，你不必这样垂头丧气，像出殡似的。首先，即使是'那个'，我们现在也还看不出来。"

"不！不……啊！我全完了！全完了！"他一再说。

她心软了：

"再说，它开始时从来不是这样。我叫老板娘来好不好？她会告诉你的……不愿意？好吧！你该出去走走，散散心，再喝一杯马尔萨拉酒。"她沉默了一会儿。最后忍不住了，又说：

"听我说，我要说点正经事。昨天你遇见了一位白发神甫吧？"

她是怎么知道的？弗勒里苏瓦尔惊呆了：

"为什么？"

"嗯……"她迟疑着，瞧瞧他，见他面色煞白，激动地继续说，"嗯！要提防他！相信我，亲爱的，他会拔你的毛。我不该告诉你这个,不过……要提防他。"

阿梅代正要出门,听见她最后这几句话惊慌不安。他下楼梯时她还叫住他:

"你要是见到他,千万别告诉他我和你说了什么,那就等于你杀了我。"

对阿梅代来说,生活显然变得太复杂了。此外他觉得两脚冰凉,额头发烫,思绪混乱。现在怎样认定卡夫神甫本身不也在演戏呢?……这么说,红衣主教可能也在演戏?……不过有那张支票!他从口袋里掏出支票,摸了摸,确定是真实的。不!不,这不可能!卡萝拉弄错了。再说,迫使可怜的卡夫玩两面手法的那些秘密动机,她能知道吗?这大概是巴蒂斯坦的褊狭的怨恨,好心的神甫不是叫他防备他吗……没关系!他会更睁大眼睛,以后他要提防卡夫,就像已经提防巴蒂斯坦一样,而且,谁知道哩,甚至提防卡萝拉……

"这既是,"他心里想,"最初罪恶即教廷失足的后果,也是它的明证:其他一切都摇摇欲坠。除了相信教皇以外,还能相信谁哩,而一旦这块教会的基石动摇,一切都不值得信任了。"

阿梅代朝邮局的方向小步疾走,他很希望得到故乡的消息,真实的消息,以寄托他那疲惫不堪的信心。清晨的薄雾和漫射的光线使每个物体都蒸发成虚幻的东西,更加重了他的眩晕。他仿佛在梦中行走,怀疑土地和墙是否坚实,怀疑擦肩而过的行人是否的确存在，特别是怀疑自己是否身在罗马……于是他掐掐自己，让自己从噩梦中惊醒，又回到波城，睡在自己床上，在阿尔尼卡身边，她已经起床了，像往常一样，朝他俯下身，正要问他："你睡好了吗，朋友？"

邮局职员认出了他，爽爽快快地将妻子的又一封来信交给了他，信中写道：

> ……我刚从瓦伦丁·德·圣普里那里得知，朱利于斯现在也在罗马，是去参加大会的。我很高兴你可能遇见他！可惜瓦伦丁未能将他的地址给我。她想他大概下榻大饭店，但不敢肯定。她只知道星期四上午他该在梵蒂冈被接见，他事先给帕齐红衣主教写信请求接见。他从米兰过，在那里探望了昂蒂姆，昂蒂姆的境况很不好，因为在官司以后没有得到教会答应的补偿，所以朱利于斯想去找教皇要求公正处理，当然他还一无所知。他会向你讲述他的访问，你可以开导他。
>
> 我希望你多多提防不干净的空气，不要太累了。加斯东每天来看我，我们很想念你。等你告诉我们归期时，我会多么高兴……

在第四张纸上是布拉法法斯用铅笔写的歪七扭八的几个字：

如果你去那不勒斯，请打听一下通心粉中间的空洞是怎么做的。我在进行一项新发明。

阿梅代心中充满了一种像喇叭一样响亮的喜悦，夹杂着某种拘束。星期四，接见的日子，就是今天。他不敢叫人洗衣服，所以内衣不够穿，至少他这样担心。今早他又戴上昨天的硬领，当他得知可能遇见朱利于斯时，立刻就觉得这个硬领不够干净。见面的愉快被打了折扣。回韦基埃雷利街换衣服？如果他想在连襟觐见完毕时截住他，根本不能动这个念头。再说截住他比去大饭店找他更方便。不过他至少将袖子翻了过来，至于衣领，他用围巾盖住，这还有另一层好处：几乎遮住了他的疱疹。

不过这些小事有什么关系呢？事实是弗勒里苏瓦尔从信中受到极大的振奋，重建与家人的联系、与过去生活的联系，这种希望使他在旅行中所想象出来的妖魔返归原处。卡萝拉、卡夫神甫、红衣主教，这一切都在他眼前飘浮起来，仿佛是一声鸡叫突然打断了噩梦。他为什么离开波城呢？打扰他幸福的那个荒谬的无稽之谈到底是什么意思？当然，这涉及教皇。再过一刻朱利于斯就能向他宣布：我见到他了。教皇在，这就足够了。天主能容许调包的滔天罪行吗？如果弗勒里苏瓦尔不是荒唐而自负地希望在这件事中扮演一个角色，他决不会相信有这种事的。

阿梅代小步疾走，好不容易才克制自己不跑。他终于恢复了信心，他周围的一切也恢复了令他安心的重量、尺寸、自然位置和逼真的真实性。他手里拿着草帽，来到大教堂门前时心中充满一种高尚的狂喜，便首先绕着右边的喷泉转了一圈。他从水柱的风中走过时，让自己的前额润湿，微笑地看着彩虹。

他突然站住。在那里，离他不远，坐在柱廊第四根支柱底座上的不正是朱利于斯吗？他犹豫着不敢去认，对方虽然衣着得体，姿势却不太得体。巴拉利乌尔伯爵将黑草帽放在身旁，搭在乌鸦嘴形的手杖柄上，手杖被插在两块砖石之间，他不考虑这是个庄严的处所，将右脚搭在左膝盖上，就像是西斯廷教堂墙上的先知。他右膝上放着一个小本，他突然使高高举起的铅笔坠落到纸面上，他在写，全神贯注地记录汹涌的灵感，以至于阿梅代在他面前大声说话他也会毫不觉察。他一面写一面说。水柱的沙沙声掩盖了他的话声，但至少可以看见他的嘴唇在嚅动。

阿梅代走了过去，谨慎地绕过柱子。他正要碰碰朱利于斯的肩头时，朱利于斯朗读道：

"在这种情况下，对我们有什么关系呢？"他在小本子的一页末尾写下这几个字，然后将铅笔放回口袋，突然站了起来，与阿梅代正好面对面。

"看在教皇面上，您在这里干什么？"

阿梅代激动得发抖，结结巴巴地说不出话来。他用痉挛的双手紧紧握住朱利于斯的手。朱利于斯端详他：

"可怜的朋友,您可变了样!"

上天可不厚待朱利于斯,在剩下的两位连襟中,一位成了伪善者,另一位潦倒不堪。从他前次见阿梅代到现在不到三年,但觉得他老了十二岁,两颊凹陷,喉结突出,苋红色的围巾使他更显苍白,他的下巴在颤抖,虹膜周围泛白的眼睛在骨碌碌转动,原本会显得动人,此刻却显得滑稽。昨晚的旅行使他的嗓子莫名其妙地变得沙哑,因此他的话音仿佛来自远方。他只想着自己的心事,问道:

"这么说,您见到他了?"

朱利于斯也一心想着自己的心事,问道:

"谁?"

这个"谁?"在阿梅代身上仿佛是丧钟,也仿佛是亵渎神明。他谨慎小心地说得更明确:

"我以为您刚从梵蒂冈出来。"

"是呀。请原谅,我已经不想这个了……您知道我遇见了什么事吗?"

他的眼睛在闪光,仿佛他将从自身喷射出来。

"啊,求求您,"弗勒里苏瓦尔恳求说,"您待会儿再给我讲这个,先讲讲您的拜访吧,我急于知道……"

"您对这感兴趣?"

"一会儿您就明白我多感兴趣了。说吧!说吧!求求您。"

"那好!是这样的!"朱利于斯开始说,一面抓住弗勒

梵蒂冈地窖 | 191

里苏瓦尔的手臂，往离圣彼得大教堂更远的地方走，"也许您知道我们那位昂蒂姆因为改宗而变得多么贫穷。教会答应过要补偿共济会从他身上掠夺去的一切，但他仍在徒劳地等待。昂蒂姆上当了，应该承认这一点……亲爱的朋友，您怎么看这件事都行，我认为这是一场高明的滑稽戏，不过，要是没有这场戏，也许我对今天做的事看得不这么清楚，我急于要和您谈这些事的。是这样，'出尔反尔的人'这说得过火……表面上的出尔反尔也许正暗藏着更狡猾、更隐蔽的底牌，重要的是他行为的动机不应再是简单的利益动机，或者像你们通常所说的，他不应再服从私利的驱使。"

"我不大明白您的意思。"阿梅代说。

"对，请原谅，我又偏离访问这个话题了。我决定过问昂蒂姆的事……啊！我的朋友，您没看见他在米兰的住所！'你们不能待在这里。'我立刻对他说。我一想到可怜的韦罗妮克，就……但是他变成了苦行僧，嘉布遣会修士，他不许别人同情他，特别是不许别人谴责神职人员。我又对他说：'朋友，我同意说高级神职人员没有罪，但那就是说他们不知情了。请允许我去告诉他们。'"

"我原以为是帕齐红衣主教……"弗勒里苏瓦尔悄悄说。

"是的。没有成功。您明白，这些高级神职人员谁都怕受牵累。要办这件事，必须找一位局外人，譬如我。您可以欣赏人们做出发现的方式，我是指最重要的发现。您以为是突然得到启发,其实您在不停地思索。长久以来,我就这样不停地考虑笔下人物过分的逻辑性和不充分的决心。"

"我怕,"阿梅代轻轻说,"您又离题了。"

"没有。"朱利于斯说,"是您跟不上我的思想。长话短说吧,我决定将请愿书面呈教皇本人。今早我去给了他。"

"那您快说,您见到他了?"

"亲爱的阿梅代,如果您随时打断我……哎!人们不知道见他有多难。"

"那当然!"阿梅代说。

"您说什么?"

"待会儿再说。"

"首先我不得不完全放弃面呈请愿书的打算。我拿在手上,这是整齐得体的一卷纸。但是,刚进第二间候见厅(也许是第三候见厅,我记不清了),一位身穿黑红两色制服的大个子就很有礼貌地把那卷纸拿走了。"

阿梅代低声笑了起来,仿佛是知情人,知道是怎么回事。

"在下一个候见厅里,有人拿走了我的帽子,将它放在桌子上。在第五间或第六间候见厅里,我等待了很久,旁边还有两位女士和三位高级教士,后来来了一位侍从,将我引进隔壁的大厅,面对教皇(就我所意识到的,他高高地坐在像宝座似的东西上,上面遮盖着华盖似的东西)。教皇立刻让我跪下,我跪下了,因此就再看不见他了。"

"您总不能将头低这么久，低这么深，以致没有……"

"亲爱的阿梅代，您说起来倒容易。您就不知道尊敬使我们变得多么盲目吗？除了我不敢抬头以外，还有一位像王室总管的人拿着一把尺，每当我开始谈昂蒂姆时，他就轻轻敲我的后颈，使我又低下头。"

"至少他和您说话了吧？"

"是的，谈我的书，他承认没有读过。"

"亲爱的朱利于斯，"阿梅代沉默片刻后又说，"您说的这件事是极为重要的。这样说来，您没有看见他。您的全部叙述告诉我去见他是难上加难的。啊！这一切证实了最痛苦的忧虑。唉！朱利于斯，我现在该告诉您……可是到这边来，这条街上人太多……"

他把朱利于斯拖进一条几乎没有人的小巷。朱利于斯觉得有趣，听他摆布。

"我要告诉您的秘密十分严重……千万别让别人看出来。我们假装谈些无关紧要的事，您准备听可怕的消息吧。朱利于斯，我的朋友，您今早看见的人……"

"您是指我没有看见的人……"

"对…不是真教皇。"

"您说什么？"

"我说您之所以没能看见教皇，可怕的原因在于……我这是从秘密而可靠的来源得到的消息，真的教皇被关起来了。"

这个令人震惊的消息在朱利于斯身上产生了出乎意料的效果。他突然甩开阿梅代的手臂,穿过小巷朝前小跑,一面大声说:

"啊!不。啊,这事,啊呀呀,不可能,不,不!"

然后他走近阿梅代:

"怎么!我好不容易将这一切从脑子里清除掉,说服自己对它没有什么可期待的,没有什么可希望的,没有什么可肯定的;昂蒂姆上了当,我们都上了当,这是些骗人的玩意儿!剩下的,我们只有一笑置之……怎么!我解放了自己,我刚刚得到安慰,您就来对我说:停住!搞错了!从头开始!啊不!啊呀呀!永远不!我到此为止。如果此人不是真教皇,那也活该了!"

弗勒里苏瓦尔十分沮丧。

"可是,"他说,"教会……"他很遗憾沙哑的嗓音使他无法施展口才,"可是,如果教会本身也上了当呢?"

朱利于斯斜站在他前面,挡住他一半去路,用他不习惯的讥讽和断然的语气说:

"那好。可—这一与—您—何—干?"

弗勒里苏瓦尔产生了怀疑,一个新的、尚未成形的、残酷的怀疑,这怀疑模模糊糊地融于他深深的不安之中。朱利于斯,朱利于斯本人,他与之说话的朱利于斯,他寄予期待和受挫的真诚的朱利于斯,这个朱利于斯也许也不是真正的朱利于斯。

"什么！您怎么这样说！我信赖您！您朱利于斯！德·巴拉利乌尔伯爵，您的著作……"

"别谈我的著作，求求您。不管是真是假，您的教皇今早跟我说的话已让我厌烦了！我要依靠自己的发现让以后的著作更好些。我急于和您谈谈正事。您和我一同吃午饭，是吧？"

"很乐意。不过我得早些走。今晚有人在那不勒斯等我……是的，这事我会对您讲。您不会领我去大饭店吧？"

"不，我们去科隆那餐厅。"

从朱利于斯这方面来说，他不愿意有人看见他在大饭店和弗勒里苏瓦尔这样衰弱的人在一起。弗勒里苏瓦尔也感到自己面色苍白，精神不振。连襟让他坐在明亮处，坐在餐桌前，与他面对面，用探究的眼光瞧着他，已经使他很不好受了。要是这个目光在寻找他的目光犹有可说，可是不，阿梅代感到这目光在寻找颈部贴近苋红色围巾的那个可耻的地方，那里长着可疑的疱疹，而且他感到它被暴露了出来。侍者端来了冷盘。

"您应该去洗温泉浴。"巴拉利乌尔说。

"这不是您想象的。"弗勒里苏瓦尔辩驳说。

"那更好了。"巴拉利乌尔说，其实他什么也没有想象，"我只是顺便建议建议。"接着，他舒舒服服地向后靠，用教训人的口吻说：

"是这样，阿梅代，我认为，从拉罗什富科和继承他的作家起，我们就钻进了死胡同。其实利益并不总是人的动力，存在着无利益的行为……"

"但愿如此。"弗勒里苏瓦尔天真地插嘴说。

"请您别这么快就理解我。所谓无利益，我指的是无动机。恶，人们所称的恶，和善一样都可以是无动机的。"

"既然如此，那又为什么去做呢？"

"这就是问题了。出于奢侈，出于消耗的需要，出于游戏，因为我认为最无私利的心灵并不一定是最好的——从天主教的意义上说。相反，从天主教的观点看，训练得最好的心灵最会算账。"

"而且他总感到欠天主的债。"弗勒里苏瓦尔假惺惺地又说，他想显得高明。

朱利于斯显然对连襟的插话很恼火，觉得它荒唐可笑。

"当然，藐视可能有用的东西，"他又说，"这是心灵相当高贵的标志……这种心灵摆脱了宗教教理、殷勤讨好和斤斤计较，我们承认存在对一切都不在乎的心灵吗？"

巴拉利乌尔等待对方赞同，然而：

"不，不！一千个不。我们不承认。"弗勒里苏瓦尔热烈地说。接着，他突然被自己洪亮的声音吓坏了，朝巴拉利乌尔俯过身去：

"小点声音说话，有人在听。"

"唉，谁会对我们的话感兴趣？"

"啊！我的朋友。我看您不知道这个国家的人是怎样的。对我来说,我刚开始熟悉他们。我生活在他们中间有四天了,奇遇不断。他们强迫我,我向您发誓,强迫我接受一种我生性中没有的谨慎心态。我们被跟踪追捕。"

"这一切都是您胡想的。"

"我也愿意这一切只是我头脑想出来的,唉!可是有什么办法呢?假的替代了真的,真的就必须隐蔽起来。我负有使命,我一会儿会告诉您,我被夹在共济会和耶稣会之间,我完了。谁都怀疑我,我也怀疑一切。我向您承认,我的朋友,刚才您嘲笑我的痛苦时,我居然怀疑自己是否在和真正的朱利于斯说话,也许是和您本人的某个冒牌货说话吧……我告诉您,今早和您见面以前,我居然怀疑我本人是不是真的,是不是身在罗马,也许我只是梦见去罗马,很快就会醒来,发现我仍然在波城,甜蜜地躺在阿尔尼卡身旁,过着平常的生活。"

"我的朋友,您刚才在发烧。"

弗勒里苏瓦尔抓住他的手,用悲怆感人的声音说:

"发烧!您说对了,我在发烧。这种热病是好不了的,我也不想治好。发烧,我承认,我原希望告诉您那件事以后,您也会发烧的,我承认,我原想让您也染上这种热病,我们可以一同发烧,老兄……可是不!我现在深深感觉到,我现在走的,而且不得不走下去的那条黑暗小路是条荒僻的路,越走越往下,就连您对我说的话也逼着我走下去……怎么样,朱利于斯,他是真的吗?这么说人们见不到他,没法见到他?……"

"我的朋友,"朱利于斯又说,一面挣脱狂热的弗勒里苏瓦尔握紧的手,也将手搭在他手臂上,"我的朋友,我要向您坦白一件事,我刚才不敢对您说:我面对教皇时……嗯,曾经心不在焉。"

"心不在焉!"弗勒里苏瓦尔震惊地重复道。

"是的,我突然想到别的事。"

"我能相信您这话吗?"

"正是在那时,我得到了启发。我继续第一个想法,心里想,假定恶行、罪行是无动机的,那么它就无法归罪于某一点,那么犯罪的人就是不可捉拿的。"

"什么!您又谈这个。"阿梅代绝望地叹叹气。

"因为罪行的动机、理由是抓捕罪犯的把柄。审判官会说:'Is fecit cui prodest.'[①]……您学过法律,对吗?"

"对不起。"阿梅代说,额头上冒出汗珠。

这时谈话突然中断。餐厅侍者用盘子送来一个信封,信封上写着弗勒里苏瓦尔的名字。弗勒里苏瓦尔惊讶地拆开信封,里面的便条上写着:

> 您一分钟也别耽误了。去那不勒斯的火车三点钟开。您请德·巴拉利乌尔先生陪您去商业信贷银行,那

---

① 拉丁文,他做对他有利的事。

里的人都认识他,他可以证明您的身份。

卡夫

"瞧,我跟您说什么来着?"阿梅代低声说,这件事好像使他松了一口气。

"的确,这可不一般。见鬼,他怎么知道我的姓名,知道我和商业信贷银行有关系?"

"我跟您说,这些人什么都知道。"

"我不喜欢这张便条的语气。写信的人至少应该抱歉说打断了我们的谈话。"

"那有什么用?他很明白我的使命高于一切……我要去兑支票……不,不可能在这里告诉您,您很清楚有人在监视我们。"接着他掏出怀表说,"的确,刚刚来得及。"

他按铃叫来侍者。

"别管!别管!"朱利于斯说,"我请客。信贷银行并不远,必要时我们乘出租马车去。别惊慌失措……啊!我还想跟您说,您要是今晚去那不勒斯,可以用这张环游票。上面写的是我的名字,不过没有关系(朱利于斯喜欢施恩于人)。我轻率地在巴黎买的,以为会再往南边走。但现在开大会,我走不开。您想在那边待多久?"

"愈短愈好。希望明天就回来。"

"那我等您一道吃晚饭。"

由于德·巴拉利乌尔伯爵的介绍，商业信贷银行收下了支票，顺顺当当地付给弗勒里苏瓦尔六张钞票，他将钞票塞进上装内侧的口袋里。不过他多多少少给连襟讲了支票、红衣主教和神甫的事。巴拉利乌尔送他去车站，心不在焉地听着。

在这以前，弗勒里苏瓦尔走进一家衬衣店买硬领，但没有立刻戴上，唯恐让耐心等在店门口的朱利于斯等得太久。

"您不带箱子？"弗勒里苏瓦尔出来后朱利于斯问道。

弗勒里苏瓦尔当然愿意去取他的披巾、盥洗用具和睡衣，然而向巴拉利乌尔承认自己住在韦基埃雷利街……

"哦，也就是一夜！……"他轻快地说，"再说，我们现在也来不及回我的旅馆。"

"对了，您到底住在哪里？"

"在古竞技场后面。"他随便说。

这就仿佛说：在桥下。

朱利于斯再次瞧着他：

"您真是个怪人！"

他真是显得古怪吗？弗勒里苏瓦尔揩揩额上的汗。他们到达了车站，在车站前默默地走了几步。

"好了，我们该分手了。"巴拉利乌尔向他伸出手。

"您不……您不和我一起走？"弗勒里苏瓦尔惶恐地嗫嚅说，"我不知道为什么，独自走，我有点不安……"

"您不是独自来到罗马的吗?您会碰到什么事呢?原谅我不去月台,就在这里和您告别,我看见火车远去就感到一种难以描述的伤感。再见!一路顺风!明天来大饭店,把我回巴黎的返程票带来。"

第五篇
拉夫卡迪奥

"只有一个药方！只有一件事能够治疗我们，使我们不致成为我们自己！"

"是的，严格说来，问题不在于如何治愈，而是如何生活。"

约瑟夫·康拉德[①]《吉姆爷》页一六

[①] 约瑟夫·康拉德(1857—1924)，波兰裔英国小说家。

一

拉夫卡迪奥通过朱利于斯的中介和公证人的帮助，获得了朱斯特-阿热诺·德·巴拉利乌尔伯爵遗留给他的四万法郎的年金。他最注意的是不要有丝毫流露。

"也许可以用金碗吃饭，"他心里想，"但你吃的还是同样的菜。"

他没有注意，或者说还不知道：从今以后，对他来说，菜肴的味道会变。或者说，从前他对抗拒食欲和任性贪嘴都感到同样的乐趣，如今再没有迫切的需求，他的抗拒力也就放松了。直截了当地说吧，他生性高贵，从前没有由于必要性而做出任何行动，现在更是出于调皮、游戏、逗乐而将乐趣置于利益之上。

按照伯爵的遗愿，他没有戴孝。他去最后那位叔叔热弗尔侯爵的供货商处置装时，遇见了使他感到沮丧和受侮辱的事。他说自己是从侯爵那里来的，于是裁缝拿出几张侯爵忘记支付的账单。拉夫卡迪奥最讨厌耍无赖，立刻装作正是来结账的，而且用现金支付新衣服的款项。在鞋店也是一样。

至于衬衣店,拉夫卡迪奥认为最好换一家。

"热弗尔叔叔,我要有他的地址就好了!我会高兴地把支付了的账单寄给他。"拉夫卡迪奥想道,"他会因此看不起我,不过我是巴拉利乌尔家的人,从今以后,混蛋侯爵,我把你从我心里赶走了。"

没有什么事让他在巴黎或别处逗留。他穿过意大利,每天赶路不多,抵达了布林迪西,想从那里乘一艘劳埃德船运公司的船去爪哇。

他独自待在开离罗马的一节车厢里,尽管天热,他还是往膝上盖了一件柔软的旅行毛毯,毛毯呈茶色,他将戴着灰手套的双手放在上面,高兴地欣赏着。他穿着用絮状的柔软料子做的套装,每个毛孔都散发出舒适。颈部松松地戴着硬领,硬领几乎很高,但没上过许多浆,从那里露出一条像玻璃蛇似的青铜色薄绸领带,垂在多褶的衬衣上。他觉得身上很舒服,衣服很舒服,鞋子很舒服——这是像手套一样用麂皮做的柔软的低帮便鞋。他的脚在这个软软的监狱里或伸直或弯成弓形,像有生命一般。他那顶海狸皮帽压在眼睛上,将他与风景隔开。他抽一只刺柏小烟斗,任思想自由驰骋。他在想:

"那位老妇人,看见头上有一小片白云,指着它对我说:这是雨,但今天还下不起来!……我替老妇人背口袋(出于异想天开,他在四天里步行穿越了波伦亚和佛罗伦萨之间的亚平宁山,在科维利阿约过夜),还在山顶吻抱了她……这是科维利阿约的神甫所称的善行——但我也完全可能掐住她脖子——而且手不发抖——手指下感觉到她肮脏发皱的皮肤……啊！她抚摸我外衣的领子，掸去灰尘，一面说：'figlio mio! carino!'①……在这以后，我满身是汗地躺在大栗树树荫下的苔藓上，我没有抽烟，却感到一阵强烈的喜悦，这喜悦从何而来呢？我感到有力气拥抱整个人类，或者掐死整个人类……人的生命多么无足轻重呀！如果有某件壮举，必须大胆到鲁莽的程度才敢冒险的话，我会拿我自己的生命去冒险！……不过我总不能当登山运动员或者飞行员吧……闭门幽居的朱利于斯会给我什么忠告呢？可惜他太呆板！我多愿意有一位哥哥。

"可怜的朱利于斯！那么多人写书，那么少的人读书！这是事实：读书的人越来越少……要是以我为例的话，正如他那天说的。最后是场灾难，充满恐怖的大灾难！印刷品都被倒进水里，如果最好的书不在水底与最坏的书混在一起，那才是奇迹哩。

"我好奇，想知道我要是开始掐老妇人的脖子，她会说什么……人们总是想象'如果怎样，就会怎样'，其实总会有小小的空隙会出现意外的。事情决不像你所想的那样发生……正是这一点促使我行动……做得太少了！'凡是能存在的就让它存在！'我是这样解释创造的……我迷恋可能存

---

① 意大利文，我的孩子，亲爱的！

在的东西……我要是国家,就把自己关起来。

"我在波伦亚邮局的留局待领处冒名取出了加斯帕尔·弗拉芒的信,那封信可没有多少令人吃惊的内容,不值得写。

"天啊!我很少遇见我想搜他箱子的人!……但我用一句话,一个手势就能引起古怪的反应的人却不少!……多么好的一群木偶,不过牵线肯定太明显了!在街上遇见的净是无赖和草包。我问你,拉夫卡迪奥,对这种闹剧太认真,难道这是有教养的人该做的吗?……算了吧!我们卷铺盖走吧,该走了。逃到新世界去,离开欧洲,把脚印留在地上!……如果在婆罗洲的密林深处还有一个智力迟钝的猿人,我们可以估计一下人类可能的才能!……

"我很想再见到普罗托斯。他大概去了美洲。他说他只敬重芝加哥的野蛮人……这些狼不合我的胃口,不带来快感。我生性像猫。不去想这个了。

"科维利阿约的本堂神甫为人宽厚,看上去并不想败坏与他谈话的孩子。显然他负责看管那个孩子。我很愿意和他做同伴,当然不是和神甫,是和孩子……他抬眼看我,那双眼睛多么美!他不安地寻找我的眼光,我也不安地寻找他的眼光,但我立刻挪开了眼光……他比我小不到五岁。是的,十四到十六岁,不会再大……我在他这个年龄时是怎样的?是个充满贪欲的小伙子,正是今天我希望遇见的这种人。我看我会很高兴的……最初,法比感到不安,他喜欢上了我,他向我母亲坦白，做得对，这以后他的心情就轻松了。但他的拘谨使我很不高兴！……后来，我们去欧雷斯山，我在帐篷里跟他讲这件事，我们大笑了半天……我真想今天再看见他，可他已经死了，倒霉！不去想这事了。

"事实是，我当时希望使神甫不高兴，想找些难听的话对他说，但我找到的只是迷人的话……我想在外表上不吸引人，可这多么难以办到啊！卡萝拉劝我把脸涂成褐色，我总不能这样做吧，也不能吃蒜……啊！别再去想这位可怜的姑娘了！我乐趣中最平庸的快乐，是她给我的……啊！！！这个古怪的老头是从哪里钻出来的？"

阿梅代·弗勒里苏瓦尔刚从走道的滑动门里走了进来。

弗勒里苏瓦尔独自坐在车室里，一直坐到弗罗西诺内站。火车停下后，一位中年意大利人走进车厢，在离他不远处坐下，神气阴沉地端详他，于是弗勒里苏瓦尔立刻想逃走。

相反，隔壁车室里年轻潇洒的拉夫卡迪奥吸引了他。

"啊！可爱的男孩！几乎还是孩子。"他想道，"大概是在度假。他穿得多好！眼神也很诚实。打消我的疑虑该是多么好的休息！要是他会说法语，我愿意谈谈……"

他在拉夫卡迪奥对面门旁的角落里坐下。拉夫卡迪奥抬起海狸帽的帽檐，用阴沉的眼神打量他，外表十分冷漠。

"这个肮脏的丑八怪和我之间，有什么共同之处呢？"他想道，"他好像自以为聪明。为什么这样对我微笑呢？他想我会吻抱他？还有女人会亲抚这老头子吗！……他会大吃一惊的，因为我会流利地认字，不管是手写体还是印刷体，倒过来认或通过透明纸认，从纸的背面认，在镜子里认或在吸墨纸上认。我学了三年，实习了两年，这都是为了对艺术的爱好。卡迪奥，我的孩子，问题提出来了：打破这种命运。但从哪里下手呢？……对了，我请他喝茶。不管他接受还是不接受，可以看清他说哪种语言。"

"格拉齐奥！格拉齐奥！"弗勒里苏瓦尔拒绝说。

"和这只貘没有什么可说的，还是睡觉吧！"拉夫卡迪奥暗自想，他将海狸帽盖住眼睛，想梦见童年的往事。

他回想起人们称他卡迪奥的时候，他和他母亲有两年夏天住在喀尔巴阡山那座偏僻的别墅里，陪同他们的是意大利人巴尔迪和弗拉迪米尔·比埃科夫斯基亲王。他的卧室在走廊的尽头，他这是头一年离开母亲独自睡……房门的铜把手雕成狮子头的形状，用一颗大钉子扣住……啊！他对感觉的回忆多么精确！……一天夜里他从熟睡中被惊醒，看见床脚边站着弗拉迪米尔，还以为是在做梦。弗拉迪米尔比往常更高大，像是噩梦中的人物，穿着铁锈色的宽大皮里长袍，胡子垂着，戴一顶像波斯帽一样竖起的古怪睡帽，使他更显得高得不得了。他手里拿着一盏暗灯，将它放在床边的桌子上，把弹子袋稍稍推开，将灯放在卡迪奥的手表旁边。卡迪奥的头一个念头就是母亲死了，或者生病了，他刚要问比埃科夫斯基时，对方将手指放在唇上，示意他起床。孩子急忙穿上洗澡后穿的便袍,这是叔叔从椅背上取下来递给他的。叔叔做这一切时都皱着眉头,神气不像开玩笑。但是卡迪奥完全信任弗拉迪①,一刻也不害怕,他穿上拖鞋跟叔叔走,对叔叔的举止感到很困惑,但和往常一样,向往新奇。

他们走到走廊里。弗拉迪米尔严肃而神秘地往前走,将灯提在前面,他们仿佛在完成一个仪式或者举行宗教游行。卡迪奥有点跟跟跄跄,因为他还似醒非醒,但是好奇心很快就使他的脑子完全清醒了。他们来到他母亲房门前,驻足片刻,仔细倾听,没有一点声音。整个房子都在睡觉。来到楼梯口时,他们听见一位仆人的鼾声,他的睡房门离阁楼不远。弗拉迪蹑手蹑脚地踩着楼梯。只要有一丝响声,他就回过头来,那副生气的神气使卡迪奥好不容易克制着不笑。他特别指着一个梯级,示意孩子迈过去,态度之严肃仿佛与生命攸关。卡迪奥不问这些谨慎举动是否必要,也不问他们在干什么,以免破坏了乐趣,他投入游戏,顺着扶手往下滑好迈过梯级……弗拉迪使他感到异常有趣,他能跟着弗拉迪赴汤蹈火。

他们来到底层,两人都在第二层梯级上坐下来喘口气。弗拉迪米尔点点头,鼻子轻轻出了口气,仿佛是说:啊,我们侥幸脱险了。他们又往前走。在客厅门前十分谨慎!卡迪奥现在拿着灯,在灯光下客厅显得很古怪,卡迪奥几乎都认

---

① 即弗拉迪米尔。

不出来了。它显得奇大无比，从护窗板的隙缝中射进一线月光，一切都沉浸在一种超现实的宁静中，就像一个水塘，人们将悄悄地往里面抛掷渔网。他认出了每件物品，它们都在自己的位置上，但他头一次感到它们多么古怪。

弗拉迪走近钢琴，半掀开琴盖，用指尖抚摸几个琴键，琴键发出微弱的声音。突然琴盖从他手中脱落，轰然一声倒了下来（拉夫卡迪奥至今一想到这事还心惊肉跳）。弗拉迪立刻奔向灯，遮住光，然后倒在一张安乐椅上。卡迪奥钻到桌子下面，两人就在黑暗里待了很久，一动不动，侧耳细听……但什么也没有，屋子里没有任何动静。远处有一条狗在对月吠叫。于是，轻轻地，慢慢地，弗拉迪又使灯亮了起来。

在餐厅里，他转动食橱钥匙时的那副神气！孩子知道这只是场游戏，但叔叔本人仿佛已经迷上了。他吸吸鼻子，好像要闻闻哪里最香，他抓起一瓶托卡侬酒，斟满两只小玻璃杯，将面包干在酒里蘸一蘸，他将手指放在唇上，邀请卡迪奥碰杯，玻璃杯发出轻微的声音……夜宵结束以后，弗拉迪将一切恢复原状，和卡迪奥一同去配膳间，在小木桶里洗杯子，擦杯子，然后又塞紧酒瓶盖，关上面包干的盒子，仔仔细细地掸掉碎屑，最后一次看看橱里是否一切都放好了……真是人不知鬼不觉。

弗拉迪将卡迪奥送回卧室，深深一鞠躬后走了。卡迪奥继续睡觉，第二天他怀疑这一切莫非是梦。

对孩子来说，这是多么古怪的游戏！朱利于斯对这事会怎样看呢？……

拉夫卡迪奥闭着眼睛，但没有睡觉，他睡不着。

"我感觉到，这个小老头以为我睡着了。"他想道，"如果我稍稍睁开眼，会看见他在瞧我。普罗托斯认为你在注意什么事时是很难假装睡觉的，他自夸能从眼皮的轻轻跳动上辨出是装睡……我此刻不让眼皮跳动。就连普罗托斯也会被骗过去……"

太阳已经落山，它灿烂的最后光辉越来越弱，弗勒里苏瓦尔激动地欣赏它。突然，车厢拱顶上的分枝吊灯亮了起来。在渐渐昏暗的暮色中，这个光线太强烈。弗勒里苏瓦尔也怕灯光打扰了邻座的睡眠，便关了开关，但这并没有带来完全的黑暗，电流从分枝吊灯转移到一盏发蓝色的小灯上。按弗勒里苏瓦尔看，这盏蓝灯的光线仍然太强，于是他又拧动开关，小灯熄灭了，但两盏壁灯立即亮了起来，光线比中央吊灯更讨厌，再拧动一下，又是小灯，就这样吧。

"他玩灯玩够了吧？"拉夫卡迪奥不耐烦地想到，"他现在在干什么？（不，我不抬眼皮。）他站着……是对我的箱子感兴趣？太好了！他看见它是开着的。我在米兰给它配了一个复杂的锁，但钥匙立刻就丢了，只好在波伦亚让人把它撬开。不过至少用挂锁来代替……上天惩罚我，他在脱外衣？啊！还是看看吧。"

梵蒂冈地窖

弗勒里苏瓦尔根本没注意拉夫卡迪奥的箱子，他忙于自己的新硬领，将外衣脱下来，好更方便地扣硬领，但是那种平纹细布上过浆，像纸板一样硬，再努力也没用。

"他看上去不快活。"拉夫卡迪奥暗自想，"他大概得了瘘管病或者什么秘密疾病。我去帮帮他吗！他一个人是办不到的……"

办到了！硬领终于被扣上了。弗勒里苏瓦尔于是从坐垫上拿起放在帽子、外衣和活袖口旁边的领带，走近车门，像水中的那喀索斯①一样在玻璃窗上将自己的倒影与窗外风景辨别开来。

"他看不清楚。"

拉夫卡迪奥又打开灯。火车正沿着一道斜坡行驶，透过玻璃窗可以看见斜坡，从每个车厢投射出的光照亮了它，因此形成一连串明亮的方块，它们沿着铁道跳动，又因地势起伏而轮流变形。在其中一个方块中，可以看见弗勒里苏瓦尔荒诞可笑的身影在跳动，其他的方块都是空的。

"谁会知道呢？"拉夫卡迪奥想，"这里，就在我手边，在我手下，是两道开闭车门的装置，我可以轻而易举地拨动，门要是突然打开，他就会朝前倒，轻轻一推就够了。他像一大团东西一样掉进黑暗里，甚至谁也听不见他的呼喊……然后，明天我去群岛！……谁会知道呢？"

---

① 希腊神话中的美少年，爱上了自己在水中的倒影，死后变为水仙花。

领带戴好了,一个现成的小水手领结。现在弗勒里苏瓦尔拿起一个活袖口,套在右手腕上,一面套一面观看他刚才坐的座位上方的照片(这是装饰车室的四张照片之一),照片上是某个海滨的宫殿。

"没有动机的罪行。"拉夫卡迪奥继续想,"这使警察多么头痛!不过,在这个见鬼的斜坡上,隔壁车室里的人谁都可能注意到一扇车门开了,一个人影翻筋斗跌了下去。好在走廊的窗帘都拉上了……我感到好奇的不是事件,而是我自己。一个人自认为无所不能,但面对行动时却退缩了……在想象和事实之间是多么遥远!……像下棋一样,没有权利悔子。嗯!谁预见到一切危险,游戏也就索然无味了!……在对事件的想象和……噫!斜坡过去了。我们在桥上,我想,下面是河……"

玻璃窗现在是黑的,它上面的反光显得更明亮。弗勒里苏瓦尔俯身纠正领带的位置。

"在这里,在我手下,这个双重开闭装置——他心不在焉地望着前面远方——起作用,真的!比我想象的更容易。我慢慢地数到十二,到那时还看不见田野上有灯火,这只貘就算得救了:一、二、三、四(慢慢地!慢慢地)、五、六、七、八、九……十、灯火!……"

梵蒂冈地窖 | 215

二

弗勒里苏瓦尔没有发出呼喊，被拉夫卡迪奥一推，面对眼前突然张开的深渊，他做了一个大动作不让自己跌倒，左手抓住平滑的门框，身子半朝后转，将右手远远地往拉夫卡迪奥的上方抓去，正在套上的活袖口被抛到车厢另一头的长椅下去了。

拉夫卡迪奥感到一只可怕的爪子正扑在后颈上，他一低头，比前次更急促地又推了一下，指甲刮着他的衣领，弗勒里苏瓦尔除了那顶海狸皮帽外什么也够不着，他拼命抓住帽子，跌了下去。

"现在要镇静，"拉夫卡迪奥心里想，"别大声关车门。隔壁可能听见。"

他顶着风使劲把门往里拉，然后轻轻关上门。

"他留下了这顶难看的平顶帽，我刚才差一点一脚把它踢下去还给他，不过他带走了我的帽子，这对他就够了。我早有防备，把我的名字缩写从帽子上去掉了……但是上面还有帽商的商标，并不是每天都有人订购海狸毡帽的……活该,事情已经做了……他们会以为是意外……不,既然我又关上了门……让火车停下来?……算了,算了,卡迪奥,别修补了,一切正如你的意愿。

"我完全能控制自己,证明就是我首先要安安静静地看看老头刚才欣赏的那张照片,看那上面是什么……'米拉马尔'!我才不想去看它哩……这里很闷。"

他打开窗户。

"这畜生抓了我……我在流血……他弄得我真疼。上面抹点水吧。盥洗间在走廊尽头左首。再带一条手帕去吧。"

他够着头上行李架上的箱子,将它放在长椅的坐垫上,就是他刚才坐的地方,打开箱子。

"要是在走道里碰见谁,必须镇静……不,我的心不再怦怦跳了。走吧! ……啊,他的上衣,我可以轻而易举地用我的外衣盖住它。口袋里还有证件,在剩下的旅途中有事可干了。"

这是一件可怜的破旧上衣,颜色像甘草,料子平平常常,单薄而粗糙,拉夫卡迪奥感到几分恶心,将它挂在狭窄的厕所兼盥洗室的衣帽钩上,然后把自己锁在里面。他俯身在洗脸池上,开始在镜子里观察自己。

他的颈部有两处难看的伤痕。一道窄窄的血迹从后颈开始,向左歪斜,在耳朵下方消失,另一道比较短,不折不扣地是皮肤擦伤,比前一道高两厘米,直直地朝上到达耳垂而且稍稍扯破了耳垂。它在流血,但不像他害怕的流得那么多，相反，他原先没有感到的疼痛现在却相当强烈。他把手帕放到脸盆里浸一浸，止住血，然后洗手帕。

"硬领上没有任何污迹，"他一面整整硬领一面想，"一切顺利。"

他正要出去时，响起了火车汽笛声。在厕所的毛玻璃窗外面闪过一排灯光。这是卡普埃。这一站与出事地点很近，下车，在黑夜里跑去找回自己的海狸帽……这个令人目眩的念头冒了出来。他很怀念那顶帽子，轻柔光滑，既暖和又凉快，不易皱，高雅而含蓄。但是他从不完全听从自己的欲望，他不喜欢顺从，哪怕是顺从自己。他最讨厌犹豫不决，多少年来，他一直保存着当年巴尔迪给他的一个玩双六棋的骰子，这是他的护身符，他时时带在身上，现在就装在他背心的小口袋里。

"要是六，"他一面拿出骰子一面想，"我就下车。"

掷出来的是五。

"还是下车吧。快点！受害人的上衣！……现在去拿我的手提箱……"

他跑进车室。

啊！在奇怪的事实面前，感叹显得多么徒劳无益！事件越出人意料，我的叙述就越简单。因此我简简单单地说：当拉夫卡迪奥回到车室取箱子时，箱子已不翼而飞了。

他最初以为走错了地方，又出来到走廊里……没错呀！他刚才就是在这里。这儿是米拉马尔宫的风景照片……那是怎么回事?……他奔到窗口,以为是在做梦,因为在月台上,离车厢不远的地方,他的手提箱正安安静静地往外走,提着它迈小步的是一位大个子。

拉夫卡迪奥想奔过去。他打开车门,却让那件甘草色的上衣滑落在脚旁了。

"见鬼!见鬼!差一点我就脱不了身!……不过,如果这个捉弄鬼认为我会追他,他会稍稍走快些。莫非他看见了?……"

此刻,由于他俯着身子,一滴血沿着脸颊流下来。

"手提箱就算了吧!骰子是对的,不该在这里下车。"

他又关上门,坐了下来。

"箱子里没有证件,我的内衣上也没有标志,有什么危险?……没关系,尽快上船,也许这不太有趣,但肯定明智得多。"

此刻火车又开动了。

"我舍不得的主要不是手提箱……而是我那顶海狸帽,我真想把它捞回来。别再想了。"

他往一个新的小烟斗里填烟丝,点燃,然后将手伸进另一件上衣的内口袋里,一下子掏出了阿尔尼卡的一封信、库克旅行社的车票簿和一个淡黄纸信封,他打开信封:

"三、四、五、六张一千法郎的票子!正直的人对这是不感兴趣的。"

他把钞票放回信封,把信封放回上衣口袋。

梵蒂冈地窖

一分钟后,他察看库克旅行社的票簿时,却头晕目眩起来。在第一页上写着"朱利于斯·德·巴拉利乌尔"这个名字。

"难道我疯了?"他想,"这和朱利于斯有什么关系呢?……车票是偷来的?……不,不可能。大概是借来的。真见鬼!真见鬼!我也许把事情弄糟了,这些老头子的关系比我想象的更复杂……"

他一面战战兢兢地发出疑问,一面展开阿尔尼卡的信。这件事太古怪了,他很难集中注意力。他大概无法弄清朱利于斯和这个老头子的亲缘关系或其他关系,但至少他知道了这一点:朱利于斯在罗马。他立刻做出决定,他急于和哥哥再见一面,也十分好奇地想知道这件事对那个平静而有逻辑性的头脑会产生什么影响。

"决定了。今晚我在那不勒斯过夜。我取出我托运的大箱子,明天乘第一班车回罗马。这肯定不太明智,但也许稍稍有趣一点。"

三

在那不勒斯，拉夫卡迪奥住进离车站不远的一家旅馆。他当心地将箱子带在身边，因为没带行李的旅客受到怀疑，而他特别留意别引人注意。接着他跑去买缺少的几件梳洗用具，还买了一顶帽子以替换弗勒里苏瓦尔留下来的那顶难看的窄边草帽（何况对他的头来说太紧）。他还想买一支手枪，但商店已经关门，只好改在第二天。

他想乘的那班车一大早就开出，到罗马吃午饭……

他的意图是等报纸谈论"罪行"后再去会见朱利于斯。"罪行"！这个词看上去很古怪，联系到他，联系到"罪犯"时，这个词完全不恰当。他愿意用"冒险家"一词，它和海狸帽一样柔软，他可以随意抬起帽檐。

早上的报纸还没有提到这次"冒险"。他耐心地等待傍晚的报纸，虽然急于见到朱利于斯，急于感到交手已经开始，就像孩子玩捉迷藏，他当然不愿被人找到，但至少希望别人寻找他，而在此期间他感到厌烦。这是一种他尚未经历过的朦胧状态。他在街上遇见的人都显得极端平庸、讨厌和

梵蒂冈地窖 | 221

丑陋。

黄昏时，他从科尔索街的报贩那里买了一份《信使晚报》，然后走进一家餐馆，但出于某种挑战心理，仿佛为了刺激自己的欲望，他强迫自己先吃饭，将那张报纸仍旧折叠着摆在身旁，摆在餐桌上。接着他走出餐馆，又来到科尔索街，在一个明亮的橱窗前站住，打开报纸，在第二版的社会新闻栏里看到下面的消息：

罪行，自杀……还是意外事故

下面是我翻译的那段话：

那不勒斯火车站的职工，在来自罗马的火车头等车室行李架上发现一件深色上衣。上衣内口袋有一信封，信封开着，内有六张一千法郎的钞票。无其他任何说明衣服原主身份的证件。若为谋杀，则难以解释为何如此的巨款仍留在受害者衣服里，这至少表明罪行的动机并非偷窃。

车室内无任何搏斗痕迹。在车座下发现一活袖口，饰有形似双猫头的双袖扣，由镀金银链相连。袖扣质地为半透明石英，即反光星云状玛瑙，珠宝商称之为月亮宝石。

目前沿铁路正进行积极搜寻。

拉夫卡迪奥将报纸揉皱。

"怎么！现在又是卡萝拉的袖扣！这个老头可真像个十字路口。"

他翻过一页，看最新消息版：

最新消息
铁路线上发现一具尸体

他不再往下看，往大饭店跑去。

他将名片放进信封，名片上写着：

拉夫卡迪奥·卢基
前来拜访，不知朱利于斯·德·巴拉利乌尔伯爵是否需要一位秘书。

然后他让人递上去。

他在大厅里耐心等，一位仆人终于来找他，领他走过几个走廊，来到朱利于斯的套间。

拉夫卡迪奥第一眼就看见房间角落里扔着《信使晚报》，房间中央的桌子上放着一大瓶打开的花露水，散发着浓重的香味。朱利于斯张开双臂。

"拉夫卡迪奥！我的朋友……我真高兴看见您！"

他撩起的头发在飘动，在太阳穴上抖动，他仿佛膨胀了,手里拿着黑点子花手帕扇风。"您是我最想不到的客人,但也是世界上我今晚最希望与其交谈的人……是卡萝拉夫人告诉您我在这里?"

"多么古怪的问题!"

"真的!我刚遇见她……但我不知道她看见我没有。"

"卡萝拉!她在罗马?"

"您不知道?"

"我刚从西西里来,您是我在这里见到的第一个人。我不一定要再见到她。"

"我觉得她很漂亮。"

"您可不挑剔。"

"我是说:比在巴黎时漂亮。"

"这是异域情调,不过如果您有胃口……"

"拉夫卡迪奥,这种话在我们中间说不合适。"

朱利于斯想摆出严厉的神气,但只是皱皱眉头。他接着说:

"您看我现在很激动。我处在生活的转折点。我头脑发烫,全身仿佛感到眩晕,好像要蒸发掉了。我是来参加社会学大会的,来罗马三天,时时都有使我惊奇不已的事。您的到来使我晕头转向……我不知道自己是谁了。"

他大步走着,在桌前停下,拿起花露水瓶,往手帕上倒了不少花露水,将手帕贴在前额上,让它待在那里。

"年轻的朋友……您允许我这样称呼您吗……我想我有

了一本新书！您在巴黎和我谈起过《顶峰的空气》，您的态度虽然有点过分，但使我猜想您对这本新书不会无动于衷的。"

他两脚做了一个击脚跳的姿势，手帕掉在地上。拉夫卡迪奥赶紧拾起来，他弯下腰时，感到朱利于斯的手轻轻搭在自己肩头，就像朱斯特-阿热诺当初那样。拉夫卡迪奥微笑着站起身来。

"我认识您的时间不长，"朱利于斯说，"但今晚我要敞开心扉和您谈谈，仿佛是对一位……"

他停住了。

"我把您当做兄长洗耳恭听，德·巴拉利乌尔先生，"拉夫卡迪奥胆子大了起来，说道，"既然您邀请我。"

"您明白，拉夫卡迪奥，在我巴黎生活的圈子里，我接触各式各样的人，有上流社会人士、教会人士、文人、法兰西学院院士，但是，说实话，没有人可以交谈，我是指，使我激动的新的想法无法向任何人倾诉。我应该向您坦白，自从我们头一次见面以后，我的观点完全变了。"

"那太好了！"拉夫卡迪奥放肆地说。

"您不干我这一行，您不知道错误的伦理学如何妨碍创作才能的自由发挥。因此，我正在酝酿的这本小说和以前的小说完全不同。从前我要求笔下的人物合乎逻辑、始终如一，为了保证这一点，我首先这样要求自己，但这违反自然。我们宁可伪造生活，唯恐与我们最初的自画像不相似，这是荒谬的。我们这样做，可能将最好的东西歪曲了。"

拉夫卡迪奥一直在微笑，等待下文，看到第一次谈话产生的久远效果感到有趣。

"怎么跟您说呢，拉夫卡迪奥？我头一次看见前面有自由的天地……您理解这几个字的意思吗：自由天地？……我对自己说它早就在那里，我对自己重复说它始终在那里。迄今为止束缚我的只是关于事业和公众的不纯考虑以及忘恩负义的裁判，诗人是不能从这些裁判那里期待奖赏的。从今以后，我只期待自己。从今以后一切只能期待我自己。一切只期待于诚恳的人。我可以要求任何东西，因为我现在预感到自己身上有最奇异的可能性，既然只是纸上的东西，我有胆量发挥它们。我们瞧着吧！"

他深深地呼吸，肩头朝后仰，抬起肩胛骨，有点像张开翅膀，仿佛新的困惑在使他轻轻窒息。他继续含糊地说，声音更低：

"既然法兰西学院的这些先生们不要我，我准备为他们的拒绝提供充分的理由，因为他们原本没有理由。他们原本没有理由。"

他的声音突然变尖，最后几句话是一字一句说出来的。他停了一下，比较平静地接着说：

"因此，我是这样想象的……您在听吗？"

"一直听到心灵里。"拉夫卡迪奥仍然笑着说。

"您跟得上吗？"

"一直跟进地狱。"

朱利于斯再次将手帕沾湿，在安乐椅上坐下来，拉夫卡迪奥在他对面，骑坐在椅子上。

"我讲的是个年轻人，我想让他成为罪犯。"

"我看这不难。"

"嗨！嗨！"朱利于斯说，他向往困难。

"不过，您是小说家，谁能阻碍您？而且既然是想象，谁能阻碍您任意想象？"

"我想象的东西越奇特，我越应该提供动机和解释。"

"找犯罪动机还不容易。"

"大概吧……不过我恰恰不要动机。我不要犯罪动机。我只要罪犯犯罪就够了。是的，我要让他在无动机的情况下犯罪，让他犯一个毫无动机的罪。"

拉夫卡迪奥更专注地听着。

"我们选一位青少年，我希望借此说明他天性善良，他爱游戏，他通常是将乐趣置于利益之上。"

"这也许并不寻常……"拉夫卡迪奥大胆说。

"是吧！"朱利于斯十分高兴地说，"我们再加一点，让他对自我约束感到乐趣……"

"直至隐瞒。"

"灌输他对冒险的爱好。"

"好！"拉夫卡迪奥越来越觉得有趣，"如果您的学生能顺从好奇心这个魔鬼，我看他就正好。"

他们就这样轮流跳跃，我超过你，你又超过我，仿佛在玩跳背游戏。

朱利于斯：我让他开始时练练手，他对小偷小摸十分在行。

拉夫卡迪奥：我多次考虑，他为什么不设更大的骗局呢？一般来说，只有那些不愁生活、主动出击的人才有机会。

朱利于斯：不愁生活，我说过，他就属于这种人。但只有这些机会才使他动心，且他必须灵巧、狡猾……

拉夫卡迪奥：还得冒冒险。

朱利于斯：我刚才说他喜欢冒险，但他厌恶欺诈，他不想占有，但乐于偷偷地使某些物品挪位，表现出真正的魔术师才能。

拉夫卡迪奥：而且他不受惩罚，更有劲头……

朱利于斯：但这也使他气恼。他没有被抓住是因为他玩的游戏太容易。

拉夫卡迪奥：他向最大的冒险挑战。

朱利于斯：我是让他这样推理的。

拉夫卡迪奥：您确信他作推理吗？

朱利于斯（继续说）：犯罪之人之所以犯罪是因为他有这个需要。

拉夫卡迪奥：我们说过他很机灵。

朱利于斯：是的，很机灵，特别是因为他行动时头脑冷静。您想想，既无感情动机，又无金钱动机的罪行。他之所以犯罪，正是因为这是无动机的犯罪。

拉夫卡迪奥：这是您在为他的犯罪作推理，他只是简简单单地犯罪而已。

朱利于斯：没有理由把无理由犯罪的人看做罪犯。

拉夫卡迪奥：您太细了。照您的说法，他是所谓的自由人。

朱利于斯：听任机会的摆弄。

拉夫卡迪奥：我急于看他行动。您会向他建议什么呢？

朱利于斯：唔，我刚才还在犹豫。是的，今晚以前我一直在犹豫……可是，今天晚上，报纸的最新消息突然给了我所希望的例证。上天安排的事件！的确很可怕：您想想我的连襟刚刚被谋杀！

拉夫卡迪奥：什么！车厢里的小老头就是……

朱利于斯：是阿梅代·弗勒里苏瓦尔。我把车票借给了他，还把他送上火车。上车一小时以前，他去我的银行取了六千法郎，他将钱带在身上，所以和我分手时有点害怕。他有些灰暗的念头，悲观的念头，怎么说呢，有些预感。而在火车上……您看过报纸了！

拉夫卡迪奥：只看过社会新闻的标题。

朱利于斯：听着，我给您念。（他打开《信使晚报》。）

我译成法文如下：

> 警方沿罗马—那不勒斯铁路线积极搜寻，昨日下午在离卡普埃五公里处的沃尔图诺河干涸河床上发现一具尸体，被害者显然是昨晚车厢中所发现之上衣的主人。此人外貌平平，年约五十岁（看上去比他实际年龄要大），身上无任何证明身份之文件（幸好这让我松了口气）。显然他被猛烈掷出车厢，越过护桥栏杆，该处栏杆正在修理，只由梁木替代。（什么文笔！）该桥高出水面十二米有余，受害人当即摔死，尸体上无任何伤痕。死者未穿上衣，右腕之活袖口与在车上发现之袖口相似，但无袖扣（"您怎么了？"朱利斯停了下来。拉夫卡迪奥刚才一惊，脑中闪过念头：袖扣是在罪行以后被人拿走的。朱利斯又接着念）左手攥住一软毡帽……

"软毡帽！这些粗人！"拉夫卡迪奥喃喃说。

朱利斯从报纸上抬起头来。

"是什么使您吃惊？"

"没什么，没什么！往下念吧。"

> ……软毡帽，其尺寸对他来说过大，显然为侵犯者之物。皮衬里上之商店标志被仔细割去，留下一空洞，

形状与大小如月桂树叶……

拉夫卡迪奥站起来,俯在朱利于斯身后,好从他肩头往下看报纸,也许也为了掩盖苍白的面孔。现在他不再怀疑了:罪行被改动过,有人插了手,割破了帽子,大概是那位拿走手提箱的陌生人。

朱利于斯继续念:

……似乎表明此为预谋罪行(为什么一定是此类罪行?主人公的预防措施也许纯属偶然……)经警方确认后,尸体立即被送往那不勒斯以验明身份。(是的,我知道那里有办法长久保存尸体,也习惯于此……)

"您敢肯定这是他?"拉夫卡迪奥的声音稍稍颤抖。
"当然!我原来等他今晚一同吃饭的。"
"您通知警方了吗?"
"还没有。我需要先清理一下思想。我已经戴孝了,至少在这方面(我是指服装方面),我可以安心,不过,您明白,受害人的姓名一旦公布,我就必须通知整个家族,拍电报,写信,发讣告,安排下葬,去那不勒斯认取尸体,还有……啊!亲爱的拉夫卡迪奥,我必须参加大会,您能不能代替我去认领尸体呢?"
"我们待会儿再看吧。"

"当然如果这不使您太难受的话。在此期间,我可以使小姨子避免可怕的时刻。她看到报纸的泛泛报道,会怎么猜想呢?……我言归正传吧: 我读到这则社会新闻时,心里想,我能清楚想象这件罪行,能想象作案经过,能看见它,我了解,我了解作案动机,要是没有那六千法郎的诱饵,就不会发生这件罪行。"

"不过可以假设……"

"是的,对,暂且假设没有这六千法郎,或者罪犯没有拿走这六千法郎,那就是我书里的人物了。"

拉夫卡迪奥已经站了起来,拾起从朱利于斯手中掉落的报纸,翻到第二版。

"我看您没有读最新消息,那位……罪犯恰恰没有拿走那六千法郎。"他十分冷静地说,"您瞧,您读读:'这似乎至少表明罪行之动机并非偷窃。'"

朱利于斯抓住拉夫卡迪奥递来的报纸,贪婪地读了起来,然后用手抹抹眼睛,然后坐下去,然后又猛然站起来,站到拉夫卡迪奥身边,抓住他的两只手臂。

"动机不是偷窃,"他喊道,仿佛极度兴奋,狂热地摇晃拉夫卡迪奥,"动机不是偷窃! 那么……"他推开拉夫卡迪奥,跑到房间另一头扇扇子,拍拍脑门,擤鼻涕,"那我明白了,当然啦,我明白这恶棍为什么杀他……啊! 不幸的朋友! 啊! 可怜的弗勒里苏瓦尔! 那么他说的是真的! 我还以为他神经错乱哩……真恐怖。"

拉夫卡迪奥很吃惊，等待对方的神经性发作结束。他也有几分恼怒，仿佛朱利于斯没有权利这样避开他。

"我原以为您恰巧……"

"别说了！您一无所知。而我和您在一起浪费时间，拼凑可笑的……快点！我的手杖、帽子。"

"您急着去哪里？"

"通知警方，当然！"

拉夫卡迪奥挡在门口。

"首先给我解释解释，"他用命令的口吻说，"说真的，您好像在发疯。"

"刚才我在发疯。现在我清醒了……啊！可怜的弗勒里苏瓦尔！啊！不幸的朋友！神圣的牺牲品！他的死及时地阻止我在不敬和亵渎的路上走下去。他的牺牲挽救了我，而我原先还嘲笑他！……"

他又走了起来，然后突然站住，将手杖和帽子放在桌上，靠近瓶子，傲然地站在拉夫卡迪奥面前：

"您想知道恶棍为什么杀他吗？"

"我原以为是没有动机。"

朱利于斯愤愤地说：

"首先不存在没有动机的罪行。他们干掉他是因为他握有一个秘密……他告诉过我，一个重大的秘密，而且对他来说是再重要不过了。他们害怕他，您明白吗？就是这样……啊！您对信仰的事一窍不通，当然可以笑了，"接着他脸色苍白地直起身子,"这个秘密现在由我来继承。"

"您要当心!现在他们害怕的是您。"

"您明白所以我必须立即通知警方。"

"还有一个问题。"拉夫卡迪奥又拦住他说。

"不。让我走。我急得要命。他们在继续监视,我可怜的老弟原来怕得神魂颠倒,现在他们肯定在监视我,从现在开始在监视我。您不知道这些人多么狡猾。他们什么都知道,我告诉您……此刻由您代我去取尸体是再合适不过的了……我现在受监视,谁知道我会出什么事呢。我请您帮这个忙,拉夫卡迪奥,亲爱的朋友,"他合拢双手,恳求地说,"此刻我的脑子很乱,不过我要去安全处了解情况,给您一个合乎手续的代理委托书。我把它送到您什么地方?"

"为了方便起见,我就在这家饭店里要一间房吧。明天见。快去吧。"

他等着朱利于斯走远,极端厌恶之情涌了上来,几乎是某种仇恨,对自己和对朱利于斯的仇恨,对一切的仇恨。他耸耸肩,从口袋里掏出写着巴拉利乌尔名字的库克票本,这是他在弗勒里苏瓦尔上衣里找到的,他把票本放在桌上明显的地方,靠着香水瓶,关上灯,走了出去。

四

尽管他采取了种种预防措施,尽管他对安全处一再叮嘱,朱利于斯未能阻止报界公布他和受害人的亲缘关系,报纸甚至把他下榻的饭店的名字完全说了出来。

当然,昨天晚上,他体验了少见的恐慌。近午夜时,他从安全处回来,看见弗勒里苏瓦尔用过的、以他的名字为抬头的库克票本放在房间里十分醒目的地方。他立刻按铃,自己出来到走廊里,脸色煞白、全身发抖。他请侍者看看他床底下,因为他自己不敢看。他立刻督促旅馆进行所谓的调查,但一无所获。不过怎能信赖大饭店的员工呢?……他将房门牢牢锁住,睡了一夜好觉,醒来时轻松得多。现在他受到警方保护。他写了大量的信和电文,亲自送去邮局。

他回来时,有人通知他说有位女士求见。她没有报姓名,正在阅览室等待。朱利于斯走过去,发现是卡萝拉,不禁大吃一惊。

她不在第一间阅览室,而是在一间更隐蔽、更狭小、更昏暗的阅览室里,斜着身子坐在一张僻静桌子的边角上,为了装装样子正心不在焉地翻阅画册。她见朱利于斯进来便站起身，脸上的微笑流露出局促不安的心情。她穿一件黑大衣，前面开胸露出里面的深色胸衣，胸衣款式简单，但可以说雅致大方，相反，帽子虽是黑色但过于花哨，使人对她产生反感。

"您会认为我很冒昧，伯爵先生。我也不知道自己哪来的勇气来您的旅馆求见，不过昨天您很友好地和我打招呼……而且我要说的事十分重要。"

她待在桌子后面，朱利于斯走近她，从桌子上方不客气地伸过手去：

"是什么事使我有幸接待您？"

卡萝拉低下前额：

"我知道您刚刚遭遇不幸。"

朱利于斯最初不明白。等卡萝拉掏出手帕擦眼睛时，他说：

"怎么！您是来吊唁的？"

"我认识弗勒里苏瓦尔先生。"她说。

"哦！"

"嗯！时间不长，但我很喜欢他。他很好，很善良……他的袖扣是我给他的。您知道，就是报纸上描述的袖扣，我根据那些描述认出这是他，不过当时我不知道他是您的连襟。我很吃惊，不过您可以猜想我也感到高兴……啊，对不起，我想说的不是这个。"

"您别慌,亲爱的小姐。您大概想说很高兴有机会再见到我吧。"

卡萝拉没有回答,将脸埋在手帕里,呜咽得身体颤抖,朱利于斯认为应该握住她的手。

"我也一样,"他用坚定的口吻说,"我也一样,亲爱的小姐,请相信……"

"那天早上他出门前,我就叫他要当心。不过这不是他的性格……他很轻信,您知道。"

"圣人,小姐,他是位圣人。"朱利于斯激动地说,一面也掏出手帕。

"我也是这样想的,"卡萝拉大声说,"晚上他以为我睡着了,就爬起来跪在床脚,而且……"

这番无意识的供认使朱利于斯心情紊乱。他将手帕放回口袋,更走近她:

"请您摘下帽子,亲爱的小姐。"

"谢谢,它并不妨碍我。"

"但它妨碍我……请允许……"

卡萝拉明显地后退,朱利于斯恢复了镇定:

"请允许我问您:您有什么特殊理由要害怕吗?"

"我?"

"是的。您对我的连襟说要当心,您当时是否有理由猜想……您坦率地讲,早上没有人来这里,谁也听不见我们说话。您是否在怀疑什么人?"

梵蒂冈地窖 | 237

卡萝拉低下头。

"您要明白这和我特别有关。"朱利于斯滔滔不绝地说了起来,"昨天晚上,我从安全处立案回来,看见可怜的弗勒里苏瓦尔用过的那张火车票放在我房间的桌子上,桌子中央。票上写的是我的名字,这种周游票对使用者要求很严格,只能由购票人使用,这是当然的,我不该借出去,但问题不在这里……趁我外出时,厚颜无耻地将我的票还回来,放到我房间里,这件事我看是一种挑衅、炫耀,甚至是侮辱……如果我没有充足的理由相信现在我成了打击目标,这件事当然也不会使我心慌意乱。是这样的:您的朋友,可怜的弗勒里苏瓦尔掌握了一个秘密……令人憎恶的秘密……非常危险的秘密……我没有询问他……我也根本不想知道……倒霉的是他轻率地告诉了我。现在,我问您,那个为了掩盖秘密而不惜犯罪的人……您知道他是谁吗?"

"您放心,伯爵先生,昨晚我已向警方报案了。"

"卡萝拉小姐,我知道您会这么做的。"

"他答应过我不伤害他。只要他信守诺言,我也会信守诺言的。现在我再也忍受不下去了。他要怎样对付我随他的便。"

卡萝拉激动起来,朱利于斯走到桌子后面,再次靠近她:

"我们去我的房间谈谈也许更好。"

"啊!先生,"卡萝拉说,"我已经把要说的话都说完了，不想再耽搁您更久。"

她再次闪开，绕着桌子走，来到门边。

"我们最好现在告别，小姐，"朱利于斯神气十足地说，他已经把对方的拒绝归功于自己，"啊！我还想说，如果您后天想来参加葬礼，最好假装不认识我。"

说完这话他们就分手了，根本没有提到受怀疑的拉夫卡迪奥的名字。

五

拉夫卡迪奥将弗勒里苏瓦尔的遗体从那不勒斯运回。装遗体的灵车被挂在火车车尾,拉夫卡迪奥没有坐进去,他认为没有必要,然而,出于礼仪,他坐在离遗体最近的头等车厢里,这车厢并不紧靠灵车,因为紧靠灵车的是一节二等车厢。他早上从罗马出发,应该当晚返回。他不愿向自己承认心中充满一种新的感觉,因为他认为烦闷最可耻,而在此以前,青春时期无忧无虑的美好欲望以及严酷的需要使他没有染上这隐秘的疾病。他心中既无希望也无欢乐,走出车室,在车厢走廊里走来走去,从这一头走到那一头,被一种不明确的好奇心所困扰,犹豫不决地想尝试他自己也不知道的某种新鲜而荒唐的事。一切似乎都满足不了他的欲望。他已经不再想登船出海了,违心地承认婆罗洲不太吸引他,意大利的其他部分也是如此。他甚至对自己的冒险的后果也不感兴趣,现在他觉得它既碍事又荒唐。他埋怨弗勒里苏瓦尔没有更好地自卫。他向那张可怜的脸提出抗议,想将它从思想上抹掉。

相反，他愿意再见到拿走他箱子的那位大个子，这家伙可真会开玩笑！过卡普埃车站时，他觉得能见到他，便朝车门外俯身，用眼睛搜索那空寂的月台。但他能认出来吗？他只见过那人的背影，而且相当远，它在昏暗中远去……他在想象中跟随他穿过黑暗，又来到沃尔图诺河河床，又找到那具难看的死尸，于是那人抢劫尸体上的东西，而且，出于某种挑衅，从帽子，从他拉夫卡迪奥的帽子的夹里上，割下一块皮子，"形状与大小如月桂树叶"，这是报纸的漂亮描述。这是一件小物证，上面有商店的地址，拉夫卡迪奥毕竟十分感谢这位强盗没让它落入警方手中。抢劫死人的这个强盗大概本人也不愿引起注意。但要是他不顾一切地利用那块皮子呢？对付他肯定是相当有趣的事。

现在夜幕降临。一位餐车侍者从火车这一头走到那一头，通知头等车和二等车的旅客晚餐已准备好。拉夫卡迪奥不想吃饭，但为了减少一个小时的无所事事，便随着其他几个人去餐车，远远跟在他们后面。餐车在车头。拉夫卡迪奥穿过的车厢都是空空的。这里那里，长椅上摆着各种物品：披巾、枕头、书籍、报纸，这表明主人去吃饭了，这是为他们保留的座位。一个律师用的公文包吸引了他的注意。他知道自己走在最后，便在车室前停下，然后走了进去。公文包并没有多大诱惑力，他完全为了问心无愧而打开搜查。

在包内一个褶子上，写着不引人注目的金字：

德富格布利兹

波尔多法学院

公文包里还有两本论刑法的小册子和六期《法庭报》。

"又一个去开会的畜生。呸！"拉夫卡迪奥想到。他将一切还原，然后急忙去追赶去餐车的那一小队旅客。

队伍的最后是一对母女，女儿很瘦弱，两人都戴着重孝。走在她们前面的是一位穿礼服的先生，他戴着大礼帽，披着直直的长发，蓄着灰白色颊髯，显然就是公文包的主人德富格布利兹先生。人们慢慢往前走，随着火车的摇晃踉踉跄跄。在走廊的最后拐弯处，教授正要冲进车厢与车厢相连的折叠通道时，一阵剧烈的晃动使他翻倒了。为了恢复平衡，他做了一个猛烈的动作，夹鼻眼镜的系带断了，眼镜被抛到厕所门前的角落里，走廊在这里成了狭窄的前厅。他低身寻找眼镜，这时那对母女走了过去。拉夫卡迪奥站了一会儿，看着那位学者拼命寻找，觉得有趣。那人可怜巴巴地不知所措，伸出惶惑的双手在地面上瞎摸，如堕五里雾中，他像是跖行动物在难看地跳舞，或者又回到童年，在玩"你会种白菜吗"①。好了！拉夫卡迪奥，来个善意举动吧。你的心并没有腐烂，听从它吧！去帮助那位残疾人。把他缺少不了的眼镜递给他，他自己肯定找不着。他背对着它，很快就

---

① 法国儿童游戏。老师和孩子们一面唱："你会种白菜吗？按时新方式种白菜吗？按我们的方式种白菜吗？"孩子们一面做种白菜的动作。

会把它压碎……此刻一阵新的震晃使可怜的人低头撞到厕所门上。高顶礼帽缓冲了撞击，被压下半截，一直压到耳朵上。德富格布利兹先生呻吟着，直起身子，脱下帽子，拉夫卡迪奥这时认为这场闹剧已经持续得够久了，于是拾起夹鼻眼镜，放进寻求者的帽子里，然后赶紧溜掉，唯恐对方感谢。

晚餐已经开始了。拉夫卡迪奥在玻璃门旁边、走道右侧的一张餐桌旁坐下。桌上摆了两副餐具。他对面的位置空着。在走道左侧，与他对称的桌旁，坐着那位寡妇和女儿，桌上摆着四副餐具，其中两副是空着的。

"这种地方真让人厌烦！"拉夫卡迪奥心里想。他那冷漠的眼光从用餐人头上滑过去，没有在任何一张脸上停留，"这些畜生把生命当做一种单调的苦役，其实要好好对待的话，生命是一种娱乐……他们穿得不像样！不过，要是赤身露体就更丑了！我得要香槟酒，否则等不到上甜点我就会饿死。"

教授进来了。显然他刚洗过手，指尖在摸索中被弄脏了。他检查自己的指甲。一位餐厅侍者让他坐在拉夫卡迪奥对面。管饮料的侍者从一张桌子走到另一张桌子。拉夫卡迪奥一言不发，指指菜单上二十法郎一瓶的蒙特贝洛产大克雷马尔香槟酒，德富格布利兹先生要了一瓶圣加尔米耶矿泉水。现在他用两个指头拿着夹鼻眼镜，轻轻往上面吹气，用餐巾角擦拭镜片。拉夫卡迪奥观察他，惊奇地见他那双高度近视眼在发红的厚眼皮下眨动。

"幸亏他不知道刚才给他找回眼镜的是我！要是他开口感谢我，我立刻就走。"

饮料侍者拿来了圣加尔米耶矿泉水和蒙特贝洛香槟酒，打开酒塞，将酒放在两位客人中间。酒瓶刚一放在桌上，德富格布利兹就一把抓住，没弄清是什么饮料就给自己倒了一满杯，一饮而尽……侍者做了一个手势，但拉夫卡迪奥笑着制止了。

"啊！我喝的是什么？"德富格布利兹叫了起来，扮了一个可怕的鬼脸。

"这是对面这位先生的蒙特贝洛香槟酒。"饮料侍者严肃地说，"这才是您的圣加尔米耶矿泉水。这儿。"

他放下第二个瓶子。

"真对不起，先生……我看不清楚……真不好意思，请相信……"

拉夫卡迪奥打断了他：

"您不必道歉，先生，这会使我高兴的。要是您喜欢这第一杯，您还不妨喝第二杯。"

"唉！先生，我向您承认我觉得很难喝，我不明白怎么糊里糊涂地喝了满满一杯，我太渴了……请告诉我，先生，这种酒很厉害吗？……因为，我要告诉您……我只喝水……一点点酒精就必定使我头脑发晕……老天爷！老天爷！我会成为什么样子？……也许我该立刻回到车室？……最好躺下来。"

他做出站起来的姿势。

"留下吧！留下吧，亲爱的先生。"拉夫卡迪奥说，他开始感到有趣，"相反，您最好吃点东西，别为酒担心。您要是需要人搀扶，待会儿我送您回去。您别害怕。您喝的那点酒连孩子都醉不倒。"

"但愿如此。不过，真的，我不知道该如何……我能送您一点圣加尔米耶矿泉水吗？"

"多谢您，不过我更爱喝香槟酒。"

"啊！真的，这是香槟酒！您……您要都喝光？"

"为了使您放心。"

"您这人真好，不过，如果我是您，我……"

"您还是吃点东西吧。"拉夫卡迪奥打断他的话说，他本人在吃，又对德富格布利兹感到厌烦。他的注意力现在移到了那位寡妇身上。

她肯定是意大利人，可能是军官的寡妇。她的姿势多么端庄！眼神多么温柔！额头多么纯净！双手多么灵巧！衣着多么高雅，又十分简单……拉夫卡迪奥，当你内心不再听见如此协调的谐音时，但愿你的心已经停止了跳动！她的女儿很像她，已经显得庄重高贵，稍稍严肃，甚至忧愁，这冲淡了孩子过分的稚气。母亲多么关心地向女儿俯身！啊！在这样的人面前魔鬼会让步的。为了这样的人，拉夫卡迪奥，你大概会献出心吧……

此时，侍者过来换盘子。拉夫卡迪奥听任他端走了半满的盘子，因为他现在看到的景象突然使他十分惊愕。那位寡妇，那位文雅的寡妇朝外面走道弯下身子，而且以极其自然的姿势轻浮地撩起裙子，露出猩红色的长袜和完美的腿肚。

这个狂热的音符在严肃的交响曲中出人意料地爆裂开来……他在做梦吗？此时侍者端上一盘新菜。拉夫卡迪奥正要吃，眼光转回到盘子上，眼前的东西给了他致命一击。

那里，在他面前，在光天化日之下，盘子中央放着不知从何处钻出来的、可怕的、立刻就能认出来的……毫无疑问，拉夫卡迪奥，这是卡萝拉的袖扣！就是弗勒里苏瓦尔第二个活袖口上缺少的那个纽扣。这成了噩梦……然而侍者俯身放下菜盘。拉夫卡迪奥一挥手，使那颗险恶的袖扣滑到桌布上，将盘子又放回，压在袖扣上，大吃大嚼起来，斟满香槟酒，一饮而尽，再斟。由于空肚喝酒他已经产生了醉醺醺的幻觉。不，这不是幻觉。他听见袖扣在盘子下面嘎吱作响，他抬起盘子，拿起袖扣，将它塞进背心小口袋里，和怀表放在一起。他又摸了摸，肯定了袖扣在那里，十分安全……可谁能说清它是怎样来到盘里的？谁把它放在那里的？……拉夫卡迪奥瞧瞧德富格布利兹，学者正低着头，老老实实地吃饭。拉夫卡迪奥愿意想些别的事，他又瞧瞧那位寡妇，然而无论她的姿势还是衣着，一切又都变得平凡得体。他现在觉得她并不那么漂亮。他试图再想象她那挑逗性的姿势，猩红色长袜，但做不到。他试图重新看见盘中的袖扣……如果他感觉不到它在那里，在口袋里，那他肯定会怀疑……不过，总之，他为什么拿这个袖扣呢？……那不是他的。这个本能的、荒唐的举动，是多么明显的招供！多么明显的确认！仿佛他向某人指控了自己，此人也许是警方派来的，大概正在观察他，窥视他……他像个傻瓜自投罗网。他感到脸色发白。他突然转过身，走道的玻璃门外面空无一人……不过刚才可能有人看到了他！他勉强自己再吃一点，但恼怒得咬紧牙齿。这个不幸的人！他后悔的并不是自己可怕的罪行，而是这个不吉利的举动……教授现在为什么对他微笑呢？……

德富格布利兹已经吃完了。他擦擦嘴唇，然后，两肘放在桌上神经质地搓揉餐巾，开始瞧着拉夫卡迪奥，嘴唇抖动着，露出古怪的笑。他终于忍受不住了，说道：

"先生，我能冒昧地问您再要一点吗？"

他怯生生地将酒杯挪近几乎空的酒瓶。

拉夫卡迪奥很高兴能暂时抛开自己的不安，便将最后几滴酒倒给了他：

"我很抱歉不能给您很多……您愿意我再要一瓶酒吗？"

"我想半瓶足够了……"

德富格布利兹已经明显地醉了，失去了礼貌的概念。拉夫卡迪奥并不怕干葡萄酒，觉得对方的天真很有趣，于是叫侍者又开了一瓶蒙特贝洛酒。

"不！不！别给我倒这么多！"德富格布利兹说，一面举起摇摇晃晃的杯子，拉夫卡迪奥终于将杯子斟满了，"很奇怪，最初我觉得很难喝。人们不了解情况时，总是把许多事当做怪物。我原以为喝的是圣加尔米耶矿泉水，所以我觉得，作为圣加尔米耶矿泉水，它的味道很怪，您明白。这就好比别人给您倒的是圣加尔米耶矿泉水，而您以为喝的是香槟酒，您会说，对吧，作为香槟酒，这味道真怪！……"

他自说自笑，然后从桌子上方朝也在笑的拉夫卡迪奥俯过身来，低声说：

"我不知道我为什么这样笑，肯定得怪您的酒。我怀疑它比您说的更烈一点。嗨！嗨！嗨！您送我回车厢，说好的，对吧。就我们两人，要是我失礼，您会知道为什么。"

"在旅行中这无足轻重。"拉夫卡迪奥大着胆子说。

"啊！先生，"对方立刻说，"您说得很对，要是在生活中所做的一切都肯定无足轻重那多好！要是肯定不引起后果……瞧，我此刻对您说的话，其实只是一种十分自然的想法，但是如果我们是在波尔多，就这些话我都不敢直截了当地说出来。我说波尔多是因为我住在那里。我在那里有名气，受人尊重。我没有结婚，但在波尔多过着安静而简朴的生活，有一个受敬重的职业：法律系教授，是的，比较刑法学，这是新开设的课……您明白，在那里，我是得不到许可的，就是喝醉的许可，哪怕偶尔喝醉一次。我的生活必须令人尊敬，您想想，要是我的一位学生在街上看见我醉醺醺的！……令人尊敬，而且还不能露出被迫的神气，这可不容易。不能让别人想：德富格布利兹（这是我的名字）先生自我克制得非常好！……不但自己不做任何荒唐事，还必须说服别人不做任何荒唐事，哪怕得到准许，让别人相信本身没有任何荒唐的东西要发泄出来。还有一点酒吗？只要几滴，我亲爱的同谋，只要几滴……这种机会一生中难得有两回。明天在罗马，在大会上，我又会见到许多同事，表情严肃、驯服、克制、呆板，等我一穿上制服，我自己也会再变成那样。像您我这样的社会人士，必须在伪装下生活。"

晚饭吃完了，一位侍者走来收饭钱和小费。

餐车慢慢空了，德富格布利兹的声音愈来愈响。响亮的话声有时使拉夫卡迪奥稍感到不安。他在继续说：

"而且，即使没有社会来约束我们，亲戚朋友这一圈人也足够约束我们了。我们不愿意使他们不高兴。他们用我们的形象来与真实的粗野的我们相对抗，对这个形象我们只能负一半责任，它与我们很不相像，但是，我对您说，超越它是很不合适的。眼前就是事实：我逃脱了形象，摆脱了我……啊，令人目眩的经历！啊，危险的快乐！……不过我使您头脑发胀吧？"

"您使我非常感兴趣。"

"我一直在说！不停地说……有什么办法呢！即使喝醉了我还是教师，这又是我关心的话题……不过，您要是吃完了，也许您同意挽我回车室，趁我现在还能站起来。要是再耽搁一会儿,恐怕我就站不起来了。"

说到这里,德富格布利兹往前一使劲,仿佛想抛开椅子,但立刻倒下来,上身朝向拉夫卡迪奥半倒在收拾好的餐桌上。他继续用一种温柔的、几乎机密的声调说:

"这就是我的论点:您知道怎样能使正人君子变成坏蛋吗?只需要改变生活环境或者患健忘症就够了。是的,先生,记忆中出现一个空洞,真实面貌就露出来了!……连续性被打断,电流被截断。当然我上课不讲这些……不过,我们私下说,私生子有多么大的优越性!您想想,他的生命本身就是出轨行为的产品,是直线上的一个小弯的后果……"

教授的声音又高扬了起来。他现在用古怪的眼光盯着拉夫卡迪奥,眼神时而茫然,时而锐利,拉夫卡迪奥开始感到不安,心想这个人莫非假装是近视眼,而且,他几乎认出了这种眼神。最后,他十分局促,虽然表面上毫无流露,站了起来,生硬地说:

"好了。扶着我的手臂,德富格布利兹先生。站起来吧。聊够了。"

德富格布利兹很不舒服地离开椅子。两人沿着走廊,朝放着教授公文包的车室踌躇蹒跚地走去。德富格布利兹先走进去,拉夫卡迪奥将他安置好后告辞。但他刚转身要走,一只有力的手就落在他肩头。他立刻转身。德富格布利兹已经一跃而起——但仍然是德富格布利兹——正用嘲弄、威严和异常高兴的声音喊道:

"可别这么快就抛下朋友呀，拉夫卡迪奥先生！……怎么！是真的！您想逃掉！"

在这位身强力壮的大个子身上，微有醉意的古怪教授已消失得无影无踪，拉夫卡迪奥立刻认出了普罗托斯。一个高大魁梧、令人生畏的普罗托斯。

"啊，是您呀，普罗托斯，"他简单地说，"我更喜欢这样。我花了很长时间才一步一步认出您。"

不管"现实"多么可怕，拉夫卡迪奥也宁可是现实，而不愿是离奇古怪的噩梦，他在噩梦中已挣扎了一个小时。

"我化装得不坏吧，嗯……为了您我是不惜工本……不过，该戴眼镜的是您，孩子，如果您不会更好地识别'变色龙'，将来会吃亏上当的。"

"变色龙"这个词在拉夫卡迪奥心中唤醒了多少尚未沉睡的回忆！普罗托斯和他一同在寄宿学校时常说"变色龙"这个黑话，这指的是这样一种人：他不论出于何种原因，在所有人面前，在所有地方，都以不同的面貌出现。根据他们的分类，有多种类型的变色龙，其优雅及值得赞赏的程度各有不同，与此相对应、相对立的是唯一的"甲壳动物"大家族，其代表舒舒服服地待在从上至下的社会等级里。

我们这两位同伴当时的公理是：一，变色龙能相互识别；二，甲壳动物不识别变色龙。——拉夫卡迪奥现在想起了这一切。他生性爱玩各种游戏，于是微微一笑。普罗托斯继续说：

"不过,那天幸好我在那里,嗯?……也许并非出于偶然。我喜欢监视新手,他们富有想象力,敢想敢做,挺不错……不过他们想象得太简单,以为不需要别人的忠告。您的工作极需要修补修补,孩子!……怎么想到戴上这种帽子去干这种事呢?物证上留下商家的地址,您不到一个星期就会被扔进监狱。不过我对老朋友不忘情,我证明了这一点。您知道我很喜欢您吗,拉夫卡迪奥?我一直想可以让您做番大事。您那么英俊,可以让所有的女人围着您转,而且,有什么关系呢,还可以让不止一个男人听您支配。我很高兴,终于有了您的消息,知道您来意大利。真的,我很想知道,自从我们不再和老相好交往以后您变成什么样子了。您样子还不坏,您知道!啊,卡萝拉还自命不凡哩!"

拉夫卡迪奥越来越明显地流露出恼怒,也越来越明显地想掩饰它,这一切使普罗托斯颇感有趣,他假装视而不见,从背心口袋里掏出一块小小的圆皮子,观察起来:

"我剪得不错吧,嗯!"

拉夫卡迪奥真想把他掐死。他握紧拳头,指甲都嵌进肉里了。对方仍在嘲笑:

"我帮了多大的忙啊!值六千法郎吧……请您告诉我为什么没有拿钱?"

拉夫卡迪奥一惊:

"您把我当小偷了?"

"听我说,孩子,"普罗托斯平静地说,"我不喜欢业余爱好者，这一点我立刻就明明白白地告诉您。其次，您知道，在我面前，您别吹牛，也别装傻。您表现了才能，这没说的，杰出的才能，可是……"

"别再挖苦了。"拉夫卡迪奥按捺不下怒气，打断他说，"您想干什么？那天我干了一件莽撞的事，您以为我需要别人的教训吗？是的，您有一件武器来对付我，我不必研究您使用它对您本人是否欠谨慎。您希望我买回这一小块皮子。好吧，您开口！别笑，别这样看我。您要钱。多少？"

他的口气很坚决，普罗托斯退后一小步，但立刻镇静下来：

"别这么大火气！别这么大火气。我说了什么无礼的话了！这是朋友之间心平气和的讨论。何必生气呢。说实在的，您变年轻了，拉夫卡迪奥！"

他轻轻抚摸拉夫卡迪奥的手臂，拉夫卡迪奥惊跳起来，挣开手臂。

"我们坐下吧，"普罗托斯说，"那样好说话些。"

他舒舒服服地在走廊门旁的角落里坐下来，两脚搭在对面的长椅上。

拉夫卡迪奥想他这是挡住出口，他大概带着武器。而拉夫卡迪奥自己身上没有任何武器。他思量如果肉搏起来自己肯定占下风。再说，虽然有一刻他想逃走，但现在是好奇心占了上风，这种狂热的好奇心是包括他个人安全在内的任何东西都不能战胜的。他坐了下来。

"钱？啊，呸！"普罗托斯从烟盒里拿出一支雪茄，递一支给拉夫卡迪奥，后者拒绝了。"烟雾大概不会妨碍您吧？……好的，听我说。"他喷出几口烟，然后很平静地说：

"不，不，拉夫卡迪奥，我的朋友。我期望于您的不是钱，而是服从。孩子（请原谅我的坦率），您似乎还没有清楚意识到您的处境。您必须大胆地面对它，请允许我帮助您。

"看来，有位青年想从制约我们的社会框架中逃走，一位可爱的青年，甚至完全是我喜欢的那种：天真、容易冲动、很大器，因为，我料想，他对这些不大计较……我还记得，拉夫卡迪奥，从前您对数字很在行，但是您自己的花销，您可从来不计算……一句话，您厌恶甲壳动物的制度。这让别人去惊奇吧，就我而言，我惊奇的是，像您这样聪明的人，拉夫卡迪奥，您竟然以为可以这样容易地逃出一个社会而不同时落入另一个社会，或者说您以为社会可以没有法律。

"无法无天，您还记得吗，我们在哪里谈到过：天空中的两只鹰，海中的两条游鱼并不比我们更无法无天……文学可真美！拉夫卡迪奥！我的朋友，你学学变色龙的法律吧。"

"您也许可以明说了。"

"何必着急呢？有的是时间。我到罗马才下车。拉夫卡迪奥，我的朋友，有时罪行逃过了警察的眼睛；我告诉您我们为什么比他们机灵，这是因为我们是拿生命来冒险的。警察失败的地方，我们有时倒成功。当然啰！拉夫卡迪奥，您是自作自受，事情已经做了，您逃不了。我更愿意您服从我，因为，您明白，把像您这样的老朋友交给警方，我的确于心不忍，可是怎么办？从今以后您的命运取决于警方或是我们。"

"告发我就等于告发您自己……"

"我希望我们认真谈谈。您得明白这一点，拉夫卡迪奥：警察把不听话的人关进监狱，但是，在意大利，警察很愿意和变色龙妥协。对，'妥协'，我看这个词很恰当。我和警方有点关系，孩子。我在注视。我协助治安。我自己不行动，让别人行动。

"好了！别抗拒，拉夫卡迪奥。我的法律并没有什么可怕的。您太天真，太憨直，对事情有些夸大。您认为晚饭时您从盘子上收回韦尼特加小姐的袖扣不是出于顺从，不是因为我希望这样？啊！缺乏远见的举动！田园诗似的举动！我可怜的拉夫卡迪奥！您埋怨自己这个小举动吧，嗯？麻烦的是，见证人不止我一个。唔，您别惊奇，侍者、寡妇和孩子都是串通好的。真可爱！是不是和他们交朋友就由您决定了。拉夫卡迪奥，我的朋友，还是理智一些吧，服从吗？"

也许是出于极度的困惑，拉夫卡迪奥打定主意一言不

发。他待在那里,上身直挺挺地,嘴唇紧闭,两眼直直地盯着前方。普罗托斯耸耸肩又说:

"多么古怪的身体!其实那么柔软!……不过,如果我一开始就告诉您我们期待您做什么,也许您已经同意了。拉夫卡迪奥,我的朋友,请为我解释这个疑团:我离开您时您那么穷,这回命运扔到您脚前六张一千法郎的票子,您却不拾起来,您觉得这正常吗?……韦尼特加小姐告诉我,在老德·巴拉利乌尔先生去世的头一天,他高贵的儿子,朱利于斯伯爵曾经拜访过您,而且当晚您就抛弃了韦尼特加小姐。自那以后,您和朱利于斯伯爵的关系十分亲密。您能告诉我为什么吗?……拉夫卡迪奥,我的朋友,从前我就知道您有许多叔叔,从那时起,我觉得您的家谱似乎有点巴拉利乌尔味道!……不,别生气,我这是开玩笑。不过人们会怎么猜想呢?……除非是:您目前的财富直接来自朱利于斯先生,而这一点(请允许我这样说)会成为大丑闻,因为您英俊迷人。不管以这种或那种方式,不管您让我们如何猜测,拉夫卡迪奥,我的朋友,事情很清楚,您的责任很明白:您要敲诈朱利于斯。您别拒绝嘛!敲诈是一种神圣的体制,是维护道德所必需的。怎么!您要走?……"

拉夫卡迪奥已经站了起来。

"啊!总该让我过去呀!"他喊道,一面从普罗托斯的身上跨过去。普罗托斯斜躺在车室里面对面的长椅上,没有做任何动作去拦住他。拉夫卡迪奥惊奇地发现自己没被拉住，打开走廊的门，闪在一边说：

"我不会逃跑，您放心。您可以监视我，我干什么都可以，就是不能再听下去了……对不起，我宁可要警察。您去通知警察吧，我等着。"

六

就在这一天,昂蒂姆夫妇从米兰乘夜车来到罗马,他们乘的是三等车,抵达罗马时才看见德·巴拉利乌尔伯爵夫人和她的大女儿,她们是乘同一班火车的卧车从巴黎来的。

伯爵夫人在收到唁电前不久曾收到丈夫的信,他在信中口若悬河地谈到与拉夫卡迪奥意外相遇的极度喜悦,其中并没有对同父异母兄弟关系的任何暗示,然而,在朱利于斯眼中,这种关系使年轻人又添了一种险恶的光彩。(朱利于斯忠于父亲的愿望,没有开诚布公地和妻子解释,也没有和年轻人解释。)然而某些影射、某些保留已经足够使伯爵夫人明白。我甚至不敢确定,在死板的资产者生活中缺乏乐趣的朱利于斯是否拿这种丑闻解闷,而且将指尖放进去烧烧,以此为乐。我也不敢肯定,热纳维埃芙决定陪母亲来罗马,是否因为,而且主要是因为,拉夫卡迪奥在罗马,她希望再见到他。

朱利于斯去车站接她们,很快将她们带到大饭店。至于昂蒂姆夫妇,他和他们没说上几句话就走了,反正第二天要在送葬行列中相见。昂蒂姆夫妇又去到狮嘴街第一次下榻的旅馆。

玛格丽特给小说家带来了好消息：他入选法兰西学院已不成问题，安德烈红衣主教前天非正式地通知了她，我们的竞选人甚至不必再四出拜访，法兰西学院会敞开大门来找他的。等着吧。

"你瞧！"玛格丽特说，"我在巴黎怎么跟你说的？该来的时候，一切自然会来。在这个世界上，只要等待就行了。"

"还得保持不变。"朱利于斯严肃地说，一面将妻子的手举到唇边亲吻。他没有看见女儿在盯着他，目光中充满了蔑视。"忠实于您，忠实于我的思想，我的原则。坚持不懈是最不可缺少的品德。"

他已经忘记了最近的偏离，忘记了一切非正统的念头，一切不得体的打算。现在他得知了消息，便毫不费劲地恢复了镇静。他赞赏这个微妙的结果，虽然他的思想曾一度偏离正道。他没有变，变的是教皇。

"相反，我的思想始终如一，"他心里想，"逻辑严密！困难的是要知道坚持什么。可怜的弗勒里苏瓦尔就是因为闯进了秘密才死的。对一个简单的人来说，最简单的办法就是只管自己知道的事。可怕的秘密杀死了他。知识只能使强者更强……没关系，我很高兴，卡萝拉已经通知了警方，这下我可以更自由地思考……不过，如果阿尔芒-迪布瓦知道他的不幸和流放不能归罪于'真正'的教皇，那对他是多么大

梵蒂冈地窖 | 259

的安慰！对他的信仰是多么大的鼓舞！多么大的慰藉！……明天，葬礼以后，我要和他谈谈。"

参加葬礼的人并不多。灵柩后面是三辆车。下着雨。在第一辆车上，布拉法法斯友好地陪伴阿尔尼卡（服丧期一结束，他肯定要娶她）。他们两人前天从波城动身，（布拉法法斯不忍心让寡妇独自伤心，独自长途旅行。而且，他虽然不算家里人，也戴上了孝！什么亲戚比得上他这位朋友？）但是由于误了火车，几小时前刚刚到达罗马。

最后那辆车里坐的是阿尔芒-迪布瓦夫人和伯爵夫人母女俩。第二辆车里是伯爵和昂蒂姆·阿尔芒-迪布瓦。

在弗勒里苏瓦尔墓前，没人提起他倒霉的遭遇。从墓地回来时，朱利于斯·德·巴拉利乌尔又和昂蒂姆单独在一起，他说道：

"我答应过为您向教皇求情。"

"天主作证，我可没有请您这样做。"

"的确如此。但我看到教会使您如此贫困，我很愤慨，只凭良心行事。"

"天主作证，我丝毫没有抱怨。"

"我知道！……我知道！……您的顺从真使我厌烦！既然您提到这事，我向您承认，亲爱的昂蒂姆，我认为在您的态度中，傲慢多于圣洁，前次我在米兰看见您时，我就觉得这种过分的顺从更近于反抗，而非真正的虔诚，它使我的信仰感到很不舒服。天主并不要求您这样,见鬼!坦白说吧,您的态度令我反感。"

"我也可以向您承认,您的态度使我难过,亲爱的老弟。煽动我反抗的不正是您吗,而且……"

朱利于斯激动起来,打断他说:

"我自己充分考验过,在我全部职业生涯中也告诉过别人:一个人可以是完美的基督徒,同时又不放弃从天主给我们安排的位置中得到的正当利益。我责备您的,正是用伪善的态度来抨击我的态度。"

"天主作证,我……"

"啊!别老是申辩!"朱利于斯又插嘴说,"天主与这事无关。我正要和您解释,我说您的态度接近反抗……我指的是我自己的反抗。我责怪您的正是这一点。您接受不公正,而让别人为您而反抗。因为我这个人,我不能容忍教会犯错误,而您的态度,表面上没有归罪于教会,其实是归罪于它的。因此我决定代您申诉。您很快就会明白我的愤慨是有道理的。"

朱利于斯额上冒出了汗珠,他将高礼帽放到膝头上:

"我能换换空气吗?"

昂蒂姆殷勤地放下他那边的窗子。

"我一到罗马,"朱利于斯接着说,"就请求觐见。我受到了接待。我的举动应该出奇地成功……"

"啊!"昂蒂姆冷淡地说。

"是的，我的朋友。如果说在这种情况下我没有得到我要求的东西，至少我从觐见中得到了证明……它使教皇免受我们关于他的种种侮辱性猜疑。"

"天主作证，我对教皇从未有过侮辱性猜疑。"

"我为您猜疑过。我看见您受到伤害，很气愤。"

"谈正题吧，朱利于斯。您见过教皇了？"

"唉，没有！没有见到教皇。"朱利于斯终于爆发了，"但是我知道了一个秘密，这个秘密初看之下令人怀疑，但是不久以后，突然被亲爱的阿梅代之死证实了。这秘密很可怕，令人手足无措，但是您的信仰，亲爱的昂蒂姆，可以从中得到安慰。因为您受到的不公正待遇，教皇与此无关……"

"唔！我从未怀疑过。"

"昂蒂姆，仔细听我说。我没有见到教皇是因为谁也见不到他。现在坐在教皇宝座上的、全教会都听从的、颁布教谕的那个人，和我说话的那个人，人们在梵蒂冈看见的教皇，我见到的教皇不是真教皇。"

昂蒂姆听见这话大笑起来，笑得全身颤抖。

"笑吧！笑吧！"朱利于斯有点生气，"我最初也是笑。我要是少笑一点，弗勒里苏瓦尔也许就不会被谋杀。啊！圣洁的朋友！温柔的受害者！……"他的声音淹没在抽泣中。

"喂！您说的话是真的吗？……哎呀！……哎呀！……哎呀！……"阿尔芒-迪布瓦说，朱利于斯的话使他不安，"不过应该弄清……"

"他正是为了想弄清才送了命。"

"因为,毕竟,我放弃了我的财产、地位、科学,我受骗上当……"昂蒂姆继续说,也渐渐激动起来。

"我跟您说,'真'教皇对此毫无责任。骗您的人是奎里纳尔宫里的一个走狗。"

"我能相信您的话吗?"

"您要是不相信我,总该相信可怜的殉道者吧。"

两人默默无语地待了片刻。雨已止住,一线阳光拨开了云彩。马车颠簸着慢慢驶进罗马城。

"要是这样,我知道我该怎么做。"昂蒂姆用无比坚决的口气说,"我要去告密。"

朱利于斯吓了一跳:

"我的朋友,您吓坏了我。您肯定会被开除教籍的。"

"被谁? 如果是假教皇,我才不在乎哩。"

"我原以为能帮助您从这个秘密中得到一点安慰。"朱利于斯沮丧地说。

"您开玩笑? ……谁能保证弗勒里苏瓦尔进天堂时没有发现他仁慈的天主也是一个'假货'?"

"看您说的! 亲爱的昂蒂姆,您在胡言乱语。怎么能有两个天主! 怎么能有'另一个'天主呢! "

"不,不过您说得真轻巧,您没有为'他'抛弃任何东西,对您来说,不管是真的还是假的,您都受益……啊,我需要呼吸新鲜空气。"

他向车外俯身,用手杖尖碰碰车夫的肩头,让车停下。朱利于斯准备和他一同下车。

"不!让我单独待一会儿。我知道得够多了,明白该怎么办。其余的您留给小说吧。我今晚就写信给共济会的头头,从明天起就开始为《电讯报》写科学专栏。我们会笑得很好的。①"

"怎么!您一瘸一拐。"朱利于斯惊奇地见他又变成了瘸腿。

"是的,有几天了,我的风湿病又犯了。"

"啊,真是稀奇古怪的事!"朱利于斯说。他缩在角落里,没有瞧着昂蒂姆远去。

---

① 影射法语中的谚语:"笑到最后的人笑得最好。"

七

普罗托斯真要像他威胁的那样，向警方告发拉夫卡迪奥吗？

我不知道。事实证明他在这些警察先生中间不是只有朋友。警方头一天接到卡萝拉的告密，已经在韦基埃雷利巷撒下了罗网。他们早就熟悉这座房子，知道它的最上层很容易与隔壁的房屋相通，因此他们也把守隔壁房屋的出口。

普罗托斯根本不怕警察，既不害怕被起诉，也不害怕司法机关。他知道别人很难抓住他，实际上他没有犯任何罪，只有一些不足以构成把柄的小小的违法行为。因此，当他知道自己被包围时并不惊慌失措。他很快就知道自己被包围了，因为他有一种特殊的嗅觉，不管警察怎样化装，他都能认出来。

他稍有几分困惑，最初躲在卡萝拉房间里等她回来，自从弗勒里苏瓦尔被谋杀后，他还没有见过她。他想请她出主意。万一他入狱他想告诉她几件事。

此时，卡萝拉尊重朱利于斯的意愿，并没有在墓地出

梵蒂冈地窖 | 265

现。谁也不知道她藏在一座陵墓后面，藏在雨伞下，远远地目睹悲惨的仪式。她耐心地、卑躬地等着新坟周围的人先后离去，她看见他们排成行列，朱利于斯又和昂蒂姆上同一辆车，然后这几辆车在雨下远去。于是她走近新坟，从围巾下拿出一大束紫苑花，放在离家属们献的花圈很远的地方。接着她久久地伫立在雨中，什么也不看，什么也不想，没有祈祷，只是在哭泣。

当她回到韦基埃雷利巷时，看见门口有两个奇怪的人，但她不明白房子已经被包围了。她想早些看见普罗托斯，毫不怀疑他就是凶手，她现在憎恨他……

几分钟以后警察听见她的呼喊声赶去，但是，唉！已经晚了。普罗托斯得知是她出卖了自己，一气之下，将卡萝拉掐死了。

这事发生在中午。晚报刊出了这则消息。警方在普罗托斯身上搜出了帽子夹里的那块皮子，他的双重谋杀罪被认为确凿无疑了。

在傍晚以前，拉夫卡迪奥一直生活在模糊的等待或恐惧中，倒不是害怕普罗托斯威胁说的警察，而是害怕普罗托斯本人或者自己不再想防备的什么东西。一种难以理解的麻木压在他身上，也许这就是厌倦，因为他放弃了。

头一天，从那不勒斯来的火车到站时，拉夫卡迪奥和去车站接遗体的朱利于斯只匆匆见了一面。后来他漫无目的地在城里游逛了很久，想消除怒气，因为火车上的谈话使他产生了受人支配的感觉。

然而，普罗托斯被捕的消息并未使拉夫卡迪奥如想象的那样松了一口气。他仿佛感到失望。古怪的人！他没有故意放弃罪行的一切物质利益，他也不会自愿放弃这场游戏的危险。他不容忍游戏这么快就结束。就像他从前下棋一样，他愿意让对手一个车。然而情况突然使他轻而易举地占了上风，整个游戏变得索然无味，他感到不将挑衅进行到底，绝不罢休。

为了不穿礼服，他在邻近的小饭馆吃晚饭，饭后立即回旅馆。他透过餐厅的玻璃门看见朱利于斯伯爵正和夫人和女儿一道用餐。热纳维埃芙的美貌令他惊讶，自从头一次拜访后他就没有再见到她。他在吸烟室里迟迟不走，等他们吃完饭。侍者通知他伯爵已经回房间了，在等他。

他走了进去。房间里只有朱利于斯·德·巴拉利乌尔，他换上了便服。

"嘿！凶手被抓起来了。"他伸出手，立刻说道。

但拉夫卡迪奥没有接过手。他待在门口。

"什么凶手？"他问道。

"当然是杀死我连襟的凶手！"

"杀死您连襟的凶手是我。"

他说这话时毫不颤抖，语调平稳，没有降低声音，没有做任何手势，那么泰然，以致朱利于斯最初听不明白。拉夫

梵蒂冈地窖 | 267

卡迪奥只得重复一遍：

"我对您说，杀害您连襟的凶手并没有被抓住，因为杀害您连襟的凶手就是我。"

如果拉夫卡迪奥露出一副凶相，朱利于斯也许会害怕，但拉夫卡迪奥的神气像孩子。甚至他比与朱利于斯初次相遇时更显得年轻。他的目光仍旧那么清澈，声音仍然那么明亮。他关上门，但靠在门上。站在桌旁的朱利于斯倒在安乐椅上。

"我可怜的孩子！"他首先说，"小点声！您是怎么了？您怎么会做这种事？"

拉夫卡迪奥低下头，已经后悔不该说出来。

"谁知道呢？我想做就做了，做得很快。"

"您有什么事和弗勒里苏瓦尔过不去呢？他是个道德高尚的人。"

"我不知道……他看上去不快乐……这事我对自己都说不清，怎能对您说清楚呢？"

一种难堪的寂静在他们中间越来越浓，偶尔被话语打断，然后更加深沉。从饭店大厅里传来一阵阵通俗的那不勒斯音乐。朱利于斯用小拇指上那蓄得尖尖的长指甲去刮桌布上的一小滴蜡烛油。突然他发现这个漂亮的指甲断裂了。一条横向的裂痕使整个肉色的指甲失去了光泽。他怎么弄的？怎么没有立刻发现？无论如何，这是无法弥补了。朱利于斯只好剪断指甲。他感到十分懊丧，因为他很注意保养手，特别是保养这个指甲，它是慢慢蓄起来的，使手指更显得优美。剪刀就放在梳妆台的抽屉里，朱利于斯想起身去取，但他必须从拉夫卡迪奥身前走过。他这人很有分寸，便暂时不做这件细微的事。

"那么……您现在打算怎么办？"他问道。

"我也不知道。也许去自首。今晚考虑考虑。"

朱利于斯的手臂贴着安乐椅垂了下来。他凝视拉夫卡迪奥片刻，然后用失望的口吻叹气说：

"可我原先正爱上您！……"

这句话没有恶意。拉夫卡迪奥不可能误解。然而，它虽然出于无意识，却并不因此而不残酷，一直刺进拉夫卡迪奥的心。他抬起头，因猛然袭来的焦虑而身体僵直。他瞧着朱利于斯，心里想，这的确是我昨天几乎认为是兄长的那个人吗？他用眼光扫过这间房，前天，尽管他犯了罪，他还在这里愉快地谈天，香水瓶仍在桌子上，几乎空了……

"您听我说，拉夫卡迪奥。"朱利于斯又说，"我觉得您的处境并不是绝对没有希望。被认定的凶手……"

"是的，我知道他刚被抓起来了。"拉夫卡迪奥冷冷地说，"您是不是劝我让一位无辜的人代我受过？"

"您所说的无辜者刚杀害了一个女人，而且您还认识她……"

"这就使我心安理得，对吗？"

"我不完全是这个意思，不过……"

梵蒂冈地窖

"我还要说,他是唯一能告发我的人。"

"并非一切都没有希望了,您很清楚。"

朱利于斯站起身,走到窗口,理理窗帘的褶子,然后走回来,手臂交叉地放在刚刚坐过的安乐椅椅背上,身体前倾,说道:

"拉夫卡迪奥,在您走以前我必须给您一个忠告。我相信,是否再成为上流社会中有教养的人,是否在社会上占有一席之地——至少在您的出身所允许的范围内——这一切只取决于您……教会可以帮助您。去吧!孩子,鼓起勇气,去忏悔吧!"

拉夫卡迪奥情不自禁地微微一笑:

"我会考虑您这番好意的。"他朝前走了一步,又接着说,"您大概不愿意碰杀人犯的手吧。不过我还是谢谢您……"

"好了,好了。"朱利于斯说,做了一个既诚恳又冷淡的手势,"别了,孩子。我不敢说:再见。不过,如果将来……"

"此刻您再没有话对我说了?"

"此刻再没有话了。"

"别了,先生。"

拉夫卡迪奥严肃地一鞠躬,走了出去。

他回到楼上的房间,脱下一半衣服就倒在床上。黄昏曾经很热,黑夜也没有带来凉意。他的窗户大开着,但没有一点风。在花园另一侧的温泉广场上的电灯从远处射来,使房间充满一种漫射的蓝光,仿佛是月光。他想思考,但一种奇异的迟钝使他的思想极端麻木。他既不想罪行,也不想如何脱身,只是尽力忘记朱利于斯那句残酷无情的话:"可我原先正爱上您"……如果他不爱朱利于斯,这句话值得他流泪吗?他的确是为这句话而流泪?……夜十分温柔,他似乎可以就此了结一生。他摸到床边的水瓶,将手帕在水里蘸蘸,贴在隐隐作痛的胸口。

"从今以后,这个世界上再没有任何饮料能够使这干渴的心得到清凉了。"他想道,让眼泪一直流到嘴边好尝尝它的苦味。几句诗在他耳边响起,他不知是在哪里读到的,也回忆不起来了:

> 我的心在作痛,昏沉而麻木的痛苦
> 我的感官……

他昏昏睡去。

他在做梦吗?是不是有人在敲他的房门?夜里他从来不关门,门轻轻地开了,进来了一个纤细的白色身影。他听见有人低声呼他:

"拉夫卡迪奥……您在这里吗,拉夫卡迪奥?"

拉夫卡迪奥迷迷糊糊,但听出了这个声音。也许他在怀疑这样一位可爱人儿的出现是否真实?也许他害怕一句话、一个手势就会将她吓跑?……他没有出声。

热纳维埃芙·德·巴拉利乌尔的房间紧靠着父亲的房间,她无意中听见了她父亲和拉夫卡迪奥的谈话。一种难以忍受的焦虑驱使她来到拉夫卡迪奥这里。既然她的呼唤没有引起回音,她认为拉夫卡迪奥已经自杀,便扑向床头,跪下来哭泣。

她这样哭泣时,拉夫卡迪奥欠起上半身,弯腰朝她俯下身,但不敢用嘴唇去碰在黑暗中发亮的美丽的额头。于是热纳维埃芙·德·巴拉利乌尔感到自己的全部毅力烟消云散。拉夫卡迪奥的呼吸已在抚摸她的额头,她把额头向后一扬,只能央求他本人来克制他自己了。

"可怜可怜我吧,我的朋友。"她说。

拉夫卡迪奥立刻恢复了镇静,闪开她,同时也推开她:

"您起来吧,德·巴拉利乌尔小姐!您走吧!我不是……我不能做您的朋友。"

热纳维埃芙站起身来,但没有离开床边。她以为已经死了的拉夫卡迪奥半卧在床上。她温柔地摸摸他滚烫的头,仿佛看他是否还活着。

"我的朋友。您今晚和我父亲说的话我都听见了。您不明白我就是为这个来的吗?"

拉夫卡迪奥直起上半身,瞧着她。她松开的头发披在身体四周。整个面孔在暗处,以致他看不清她的眼睛,但能感觉到她的目光在凝视自己。他忍受不了这种温柔,便用双手捂住脸。

"啊！为什么这么晚才遇见您？"他呻吟道，"我做了什么事值得您爱我？您为什么这样和我说话？我已经不能也不配爱您了。"

她忧愁地抗议说：

"我来是找您，拉夫卡迪奥，不是找别人。找您这个罪犯，拉夫卡迪奥！自从头一次您作为英雄——甚至有点冒失——在我面前出现，我有多少次念诵您的名字！……现在必须告诉您：从我看见您高尚地献身的那一刻起，我就暗暗地以身相许了。在那以后发生了什么事？难道您真杀了人？您怎么落到这个地步？"

拉夫卡迪奥只是摇头，不回答。她接着说：

"我听见父亲说另一个人被抓住了，是吗？一个刚杀过人的恶棍……拉夫卡迪奥，趁现在还来得及，今夜就逃走吧。走吧！走吧！"

拉夫卡迪奥喃喃地说：

"我不能。"热纳维埃芙的散发碰到了他的手，他抓住它，热情地压在眼睛上、嘴唇上，"逃跑！难道这就是您的忠告？可是您要我往哪里逃？即使我逃过警察，也逃不过我自己……而且您会瞧不起我逃跑。"

"我！瞧不起您，我的朋友……"

"我原先生活在无意识中，仿佛在梦中杀人，一个噩梦，从那时以来，我在噩梦中挣扎……"

"我要把您从噩梦中拉出来。"她叫了起来。

"为什么唤醒我？只是为了让我知道自己是罪犯吗？"他抓住她的手臂，"您不知道我最厌恶的是有罪不罚吗？我现在还能做什么呢，除了等天亮后去自首？"

"您应该向天主，而不是向人去自首。如果我父亲没有对您说，那我现在对您说：拉夫卡迪奥，教会会决定对您的惩罚，帮助您通过忏悔重获安宁。"

热纳维埃芙是对的，拉夫卡迪奥最好是随和地顺从。他迟早会体验到这一点，其他的出路都堵死了……然而，麻烦的是，朱利于斯这个笨蛋最先向他提过这个忠告！

"您在背诵什么经？"他怀着敌意说，"是您在和我说话吗？"

他松开原先抓住的手臂，推开它。热纳维埃芙闪到一旁时，他感到内心升起对朱利于斯的莫名的怨恨以及使热纳维埃芙离开父亲的渴望，他要使她更低下，更靠近自己。他低下头，看见她穿着丝绸小拖鞋的那双赤脚。

"您不明白我害怕的不是悔恨，而是……"

他从床上起来，转身背对着她，朝开着的窗子走去，他感到窒息，前额靠在玻璃窗上，滚烫的手心搭在冰冷的阳台铁栏杆上。他想忘记她就在那里，在他身旁……

"德·巴拉利乌尔小姐，您为一个罪犯做了名门闺秀所能做的一切，甚至还多一些。我衷心地感谢您。现在您最好让我一个人待着。您回到您的父亲，您的习俗，您的责任那边去吧……别了。谁知道我能不能再见到您？您想想，我明天去自首正是为了稍稍不辜负您对我的感情。您想想……不！别靠近我……您以为握一下手我就满足了吗？"

热纳维埃芙可以蔑视父亲的怒火、世人的议论和鄙视，但是，面对拉夫卡迪奥这冰冷的口吻，她失去了勇气。难道他不明白，她深夜来到这里，来和他说话，向他表达爱情，正说明她并非缺乏决心和勇气，她的爱情大概不是一声"谢谢"就可以打发的？……可是怎样对他讲：她在此以前也是在梦中挣扎呢？只是在医院里，她才暂时摆脱梦境，她在可怜的孩童们中间替他们包扎真正的伤口时才仿佛终于接触到现实。那是一个平庸的梦，她的父母也在她身边挣扎，梦境中到处是他们那个社会的种种稀奇古怪的习俗，她怎么努力也无法把他们的举动、言论、抱负、原则，甚至他们本人当真。拉夫卡迪奥没有把弗勒里苏瓦尔这个人当真又有什么奇怪呢！……他们能这样分手吗？爱情驱使她，将她投向他。拉夫卡迪奥抓住她，紧紧拥抱她，在她苍白的前额上盖满了亲吻……

一本新书从此开始。

啊，情欲的可触知的现实！你把我脑中的幽灵推进了昏暗中。

在公鸡唱晓，色彩、热度、生命终将战胜黑夜的此刻，我们将与我们两位情人告别。拉夫卡迪奥在熟睡的热纳维埃芙身边欠起身来，但他凝视的不是情人美丽的面容、微湿的前额、珠光色的眼睑、半开的炽热嘴唇、完美的乳房、疲乏的肢体，不，不是这些，他从敞开的窗户，凝视黎明，花园中的一棵树正在黎明中微微颤抖。

热纳维埃芙很快就该离开他了，但他仍在等待。他朝她俯下身去，透过她轻微的呼吸倾听城市里朦胧的嘈杂声，它已经使他从麻木中清醒。远处的兵营里响起了军号声。怎么！他要放弃生命？自从热纳维埃芙给他的爱更多一点以来，他给她的尊重更少了一点，现在，为了尊重热纳维埃芙，他还想去自首吗？

André Gide
LES CAVES DU VATICAN

图书在版编目(CIP)数据

梵蒂冈地窖 / (法) 纪德著;桂裕芳译. —上海:
上海译文出版社,2023.9
(译文经典)
ISBN 978 - 7 - 5327 - 9416 - 4

Ⅰ.①梵… Ⅱ.①纪… ②桂… Ⅲ.①长篇小说-法国-现代 Ⅳ.①I565.45

中国国家版本馆 CIP 数据核字(2023)第 158345 号

梵蒂冈地窖
[法]纪德 著 桂裕芳 译
责任编辑/黄雅琴 装帧设计/张志全工作室

上海译文出版社有限公司出版、发行
网址:www.yiwen.com.cn
201101 上海市闵行区号景路 159 弄 B 座
山东临沂新华印刷物流集团有限责任公司印刷

开本 787×1092 1/32 印张 9 插页 5 字数 116,000
2023 年 10 月第 1 版 2023 年 10 月第 1 次印刷
印数:0,001—5,000 册

ISBN 978 - 7 - 5327 - 9416 - 4/I·5884
定价:62.00 元

本书中文简体字专有出版权归本社独家所有,非经本社同意不得转载、摘编或复制
如有质量问题,请与承印厂质量科联系。T:0539 - 2925659